딸아, 행복했으면 좋겠다

—

: 딸을 시집보낸 서른네 명 아버지들의
결혼식 축사 모음

기획의 말

우리는 세상을 살아가며 많은 것들을 보고 들으며 직접 해보기도 한다. 하지만 특별한 기회나 그 분야에 종사하는 사람이 아니라면 할 수 없고 해볼 수 없는 것들도 있다. 어떤 것들은 권력이나 뛰어난 재능을 가져야만 할 수 있다.

화려한 조명과 아름다운 꽃으로 장식된 무대에 올라 많은 사람들의 시선을 받으며 마이크 앞에서 말하는 기회가 주어진다면 나는 어떤 기분일까? 과연 잘 할 수 있을까?

우리는 말을 한다. 우리는 말을 듣는다. 특정한 목적이나 누군가를 위한 날이라면 그 날의 의미와 그 사람에 맞는 단어와 문장들을 엮어 말을 하게 된다. 이러한 말들은 나름의 형식과 격식도 갖추어져 있다. 때와 장소에도 맞아야 한다.

인사말, 격려사, 축사, 개회사, 환영사, 신년사 등이 그렇다. 그 행사의 성격에 따른 다양한 축하와 감사의 뜻을 나타내는 글을 쓰거나 말을 한다. 이러한 글이나 말은 오랜 시간 함께 공유하다 보니 이젠 거의 표준

화내지 관용화 되어있다. 특정한 행사에는 상투적이고 관행화 되어버린 표현들이 모범적인 문장 교과서적인 말이 되어 널리 통용되고 있다.

이 책의 기획 의도는 다음과 같다. 먼저 여러 가지 인사말들 중 딸을 시집보내는 아버지들의 축사를 들여다보는 것이다. 결혼식 축사에 나타난 아버지들만의 솔직담백한 감정을 통해 우리들의 아버지를 다시 생각해보는 것이다. 다음은 여러 사람들의 다양한 축사를 통해 나만의 축사 쓰기에 도움이 되었으면 하는 바람으로 이 책을 준비했다.

결혼식 축사라고 하여 시조처럼 갖추어야 할 정형화된 틀이나 방식은 없다. 그저 내 마음 가는 대로 내 감정이 말하는 대로 쓰고 말하면 된다. 나와 살아온 환경과 처지가 다른 누군가의 가정에 딸을 시집보내는 결혼식에서 아버지의 마음은 과연 어떠하였을까? 어떤 단어와 문장으로 아버지의 깊은 속마음을 표현하였을까? 딸을 시집보내는 아버지들의 웃음과 눈물 그리고 마음은 어떠하였을까? 여기에 딸을 시집보낸 서른네 명 아버지들의 솔직한 이야기들이 있다. 아버지의 웃음과 눈물 때로는 서당 훈장 같은 엄격함까지 다양한 우리 아버지들 마음의 이야기가 있다. 이책을 위해 자신의 축사를 흔쾌히 공개해주신 아버지들에게 감사의 말씀을 드린다.

누군가의 앞에 서서 말을 한다는 것은 그것을 직업으로 삼은 사람들마저 늘 긴장되게 한다고 한다. 아버지와 가장으로서만 묵묵히 살아오다 결혼식이라는 아주 특별한 무대에 올라 인사말을 해야 할 세상의 아버지들에게 이 책이 조금이라도 도움이 되었으면 한다. 여기 아버지들도 축사는 모두 다 처음이었다.

아버지들의 마음은 한결같다.

그래도 내 딸은 행복했으면 좋겠다. 그것이 딸을 시집보내는 아버지들의 제일 큰 마음이었을 것이다. 나 역시도 그랬다.

차례

아버지의 웃음

돈 이야기가 나왔으니
그냥 하는 이야기다

방금 사회자로부터 소개받은 신부 아버지 ○○○입니다.

사회자가 누구의 청탁과 회유를 받았는지 몰라도 저를 너무 과대포장하여 소개하지 않았나 싶습니다. 암튼 가만히 들어보니 기분은 참 좋습니다.

저도 많은 결혼식을 다녀보았지만 이토록 명쾌하고도 깔끔하게 진행을 하는 사회자는 처음 보는 것 같습니다. 특히 신부 아버지를 이렇게 제대로 디테일하게 소개하는 것을 보니 전문가가 아닌가 하는 생각이 듭니다. 우리 사위의 친구라고 하니 역시 사위 하나는 잘 데려오는 것 같습니다.

오늘 저는 삼십 년을 저의 딸로 살아오며 불과 얼마 전까지도 아빠 저는 절대로 시집 안 갈거예요, 아빠랑 영원히 함께 살 거예요 라던 그 딸이 지금은 이렇게 제가 아닌 다른 남자의 옆에 너무나 당당하게 웃으며 서 있는 모습을 봅니다.

딸을 시집보내는 세상의 아버지들 마음이 어찌 기쁘기만 하겠습니까? 우리딸에게 속은 것 같지만 기분은 좋습니다. 하지만 저도 사람인지라 슬프고 섭섭한 마음이 조금도 없다면 그것이야말로 거짓말일 것입니다.

결혼을 앞두고 저의 마음은 싱숭생숭하였습니다. 치킨을 시켜도 양념 반 후라이드 반이 있듯이 딸을 시집보낸다 생각하니 저의 마음도 하루 종일 기쁨 반 슬픔 반으로 나뉘어 있었습니다.

하지만 지금 저의 마음은 이렇게 예쁜 신부가 된 딸을 세상에서 가장 사랑하고 확실하게 지켜줄 사위가 있고 너무나 자애롭고 인자하신 사돈 내외와 그 일가 친척분들을 직접 뵈니 그동안의 걱정과 근심은 이 자리에서 말끔하게 다 씻어버릴 수 있을 것 같습니다. 매사에 똑 부러진 성격의 딸이 제 짝도 확실하게 잘 찾은 것 같아 마음이 든든합니다.

이렇게 훌륭하고 멋진 아들로 키워주시고 저의 가정에 사위로 보내주신 사돈 내외분들께 저의 가정을 대표하여 다시 한번 감사의 인사를 올립니다.

방금 성혼선언도 하였으니 너희들은 이제 당당하고도 어엿한 부부가 되었다. 정말 축하한다. 세상에서 가장 행복한 부부가 되어다오. 그렇게 할 수 있겠지?

아버지가 너희들보다 먼저 부부가 되었고 또 너의 어머니와 살다보니 가정의 평화를 위한 나름의 노하우를 터득하게 되었다. 물론 많은 고난과 고통으로 얻은 교훈들이니 딸과 사위는 잘 새겨들어 보거라.

첫째 서로의 프라이버시는 서로가 존중해주어라.

휴대폰 비번이 무엇인지 스스로 말하기 전에는 묻지도 알려고도 마라. 의심은 결코 행복의 수단이나 도구가 될 수 없다. 불신과 불행의 처음이 될 뿐이다. 부부가 되었다는 것은 서로를 믿고 신뢰한다는 전제 조건에 서로가 합의한 것이다. 서로가 서로에게 너무나 많은 비밀을 가지고 살지는 말아라. 사실 부부에게는 비밀이라는 것이 존재하지 않아야 된다고 나는 생각한다. 비밀이 생기지 않도록 늘 대화하고 또 대화하며 살아가거라. 나는 지금까지 내 휴대폰에 비번 없이 살고 있다. 네 엄마는 아예 관심도 없더라.

둘째는 돈 때문에 감정 상하지 않도록 하여라.

돈은 모든 불행과 불신, 슬픔과 고통의 화근이 될 수 있다. 물론 그 반대의 좋은 수단이나 도구도 될 수 있다. 돈은 얼마든지 더 보충할 수 있지만 건강과 사랑은 자칫 이 돈으로 말미암아 둘 다를 잃어버릴 수도 있다. 지금의 너희들은 젊다. 이 젊음이 바로 돈이다. 돈 때문에 서로가 서로를 힘들게 하지 말거라.

돈 이야기가 나왔으니 그냥 하는 이야기이니 사위는 굳이 귀에 담아두거나 머리로 기억하지 않아도 된다. 나중에 휴대폰 메모에 저장해 두거라.

아버지는 정년퇴직하였지만 아직도 직장 생활할 때 사용하던 급여통장이 그대로 살아있다. 우리 딸은 알고 있지? 요즘 잔고가 항상 다섯 자리 숫자다.

우리은행 000000000001 사위는 기억할 필요 없다. 숫자가 좀 길지만 주민번호 13자리와 같아 그리 어렵지는 않을 것 같다. 성의의 문제라고 생각한다. 한번 외워두면 습관처럼 잘 외워질 것이다. 사위는 나중에 신혼여행가서 딸에게 물어보면 잘 가르쳐 줄 거다.

그렇다고 이 계좌로 무엇을 보내라 이런 의미는 결코 아니니 오해 말거라. 그냥 이런 통장을 가지고 있다고 하는 것뿐이다. 참고로 지금도 잔고는 얼마 안 된다. 자네가 실수든 어떻든 입금이 되면 내 휴대폰으로 띵똥 알람이 울리니 우리 장인이 돈을 잘 받았나 이런 걱정은 하지 않아도 된다.

자네 장모 계좌는 내가 외우질 못하니 나중에 개인적으로 물어보게. 물어보지 않으면 섭섭하게 생각할 것 같아 내가 말하는 것이다.

돈 이야기는 그만하겠네.

마지막으로 어른들을 잘 공경하며 살아라.

세상에 부모보다 더 고맙고 귀한 존재는 없다. 딸은 이제부터는 시댁의 어른들이 내가 모시고 공경해야 할 최고의 어른들이라는 것을 한시도 잊지마라. 설령 엄마 아빠에게는 소홀히 할 수 있어도 시댁 어른들에게는 결코 소홀하여서는 안 된다. 그렇다고 사위는 처가댁 어른들을 잘 모셔라 이런 이야기는 아니니 오해 말게나. 자네는 말하지 않아도 누구보다 솔선수범할 것이라 나는 잘 알고 있다.

끝으로 오늘 저희 아이들 결혼식에 귀한 걸음해주신 양가 친척 하객 여러분들께 다시 한번 감사를 드립니다.

사돈 내외분과 그 가족들 모두 늘 건강하시고 행복하시길 소망합니다.

부디 제 딸아이가 며느리가 되어 사돈 내외분의 가정에 복덩이가 들어왔다는 말을 들었으면 하는 바람으로 인사를 끝맺도록 하겠습니다.

감사합니다.

나 의　　 딸 에 게

딸, 정말 시집갔구나!
가족들 모두 다 집으로 돌아왔는데 너만 보이지 않네!!
아빠는 벌써 슬프다.
딸,
아빠가 너의 결혼 정말 축하한다.
우리 사위도 정말 환영한다.
오늘을 위해 얼마나 많은 준비와 아빠도 모를 마음고생
도 했겠지?
이제부터는 너 혼자가 아니다.
딸이 선택한 너의 남자와 영원히 행복하고 건강하게 잘

살 수 있도록 많은 대화를 나누어 누구보다 화목한 가정
을 이루기 바란다.
오늘 수고 많았다.
사위에게도 고생했다고 아빠 말 전해다오.
신혼여행은 그동안 모든 것 다 잊고 휴식과 힐링의 시간
으로 보내거라.
돌아올 때는 아빠는 괜찮으니 엄마께 꼭 잊지마라!
네가 결혼했지만 아빠는 계속해서 널 사랑한다.
알지 아빠 마음?

네가 신혼여행 떠나는 뒷모습을 보며 아빠가.....

결혼은 미친 짓이 아니라 예쁜 짓이다

결혼은 미친 짓이다. 이런 노래가 있더군요. 저희 부부 결혼한 지 30년이 다 되어가지만 저나 제 아내 어느 누구도 미치지 않고 정상적으로 행복하게 잘 살아가고 있습니다.

결혼은 미친 짓이 아니라 예쁜 짓이다라고 생각합니다. 세상에서 결혼만큼 예쁘고 고운 짓이 어디 있겠습니까? 그렇지 않습니까? 그래서인지 요즘은 두 번 세 번 하는 사람도 더러 있던데 결혼은 딱 한 번 하는 것이 가장 예쁜 짓이라고 생각합니다.

저는 이렇게 이쁜 짓을 꾸며 낸 신부 000의 아버지 신랑 000의 장인 000입니다. 여러분들 정말 반갑고 대환영합니다.

코로나 때문에 결혼을 하니 마니 하였고 날짜를 몇 번이나 바꾸고 할 때는 과연 결혼식을 제대로 할 수 있을까 엄청 걱정하고 고민했는데 이렇게 제 앞에 신부가 된 딸과 사위가 된 신랑이 서 있으니 너무너무 좋습니다.

우리 사위 정말 잘 생겼죠?

저는 딸만 둘이라 사위를 보면 정말 아들이 하나 생긴 것 같아 너무 좋습니다. 아버지들의 로망 중 하나인 아들과 같이 목욕탕 가는 것 우리 사위와 해보고 싶은데

사위 000아 장인이랑 목욕탕 갈 수 있나?

신혼여행 가서 잘 생각해보고 카톡으로 답장 날려라.

저는 오늘 사돈 내외분들께 뭐라고 감사의 말씀을 드려야 할지 뭐라고 표현할 방법이 없습니다. 아들을 너무나 잘 키워주신 사돈과 그 가족 친지분들께 다시 한번 감사를 드립니다.

그리고 오늘 첫 딸을 시집보내느라 딸을 안고 눈물을 흘리던 제 아내 000여사께도 감사를 드립니다. 맨날 딸과 티격태격하였지만 막상 누구의 아내가 되고 어머니가 되어 살아갈 자식을 생각하니 걱정도 되고 안쓰럽기도 하였던 것 같습니다.

딸 000아 어젯밤 우리 집 너의 방에서 엄마랑 함께 자며 부디 훌륭한 며느리가 되어라 당부한 엄마의 부탁을 결코 잊지 않고 사돈 내외분들을 공경하고 남편을 내조하는 데 조금도 소홀함이 없도록 하여라.

아무리 세상이 변했다 하여도 아내와 며느리의 역할과 본분은 함부로 바꾸거나 외면하여서도 안 된다. 너로 말미암아 누구의 가정이 더 화목하고 가족이 행복해졌다는 말을 들을 수 있도록 노력해주기 바란다.

인자하시고 훌륭한 인품의 사돈 내외분들의 보살핌과 가르침을 잘 받

아들여 너로 인해 친정의 부모들도 칭찬받을 수 있게 살아가길 바란다.

이제부터는 너의 언행이 곧 엄마 아빠의 언행이 될 수 있음도 명심하기 바란다.

사위 000아 사위도 자식이라고 하였다. 동의하느냐?

처가댁 문은 언제나 사위에게 개방되어 있다. 소식도 없이 연락도 없이 한우세트 갈비 이런 것 사 들고 불쑥불쑥 오지 않았으면 한다.

갑자기 퇴근하다 들렀다면서 장인 장모 손에 봉투 하나씩 주고 가는 이런 것 하지 않아도 된다. 우리는 그저 자네의 마음만 받겠네 라고 해도 자네는 우리의 그 말을 곧이곧대로 들을 만큼 어리석지 않다는 것을 잘 알고 있다. 내 사위 00를 우리 가족 모두가 환영한다.

이제 오늘 세상 최고의 부부가 된 이 두 사람에게 앞으로 잘 살아라 라는 의미로 큰 박수 한 번 부탁드립니다.

마지막으로 아버지가 이 한마디만 더 하고 마치겠다.

결혼생활의 지속은 하루하루의 새로운 행복이 그 원천이고 부부생활의 지속은 하루하루의 또 다른 사랑의 발견이 그 원천이다. 새겨들었으면 한다.

또한 부부는 하루에 한 번쯤

우리의 언행을 되돌아보고

우리의 건강을 체크해보며

우리의 얼굴을 쳐다보면서

우리의 부모님을 생각하는 하루하루를 살아갔으면 한다.

틀림없이 아름답고 행복한 부부로 살아가게 될 것이다.

감사합니다.

딸, 아빠다

시집 가버린 딸에게
우리 딸은 그래도 영원한 아빠의 딸!
수고 많았다.
많이 힘들었지?
어른 되는 것이 그렇게 쉽고 간단한 것이 아니라는 것을
너도 알았지?
누구나 처음은 다 힘들고 서툴다.
우리 사위 정말 멋있더라, 아빠 친구들도 사위 칭찬 많이
하더라
아빠도 기분 좋았다.

딸!
아프지 말고 건강하게 살자!
네가 시집가서 어디가 아프다는 말을 들으면 아빠는 너
보다 많이 아플 것 같다.
건강이 최고다, 알지?
이제 부부가 되었으니 서로가 서로의 의사와 간호사가
되어라!
딸, 결혼 축하해!
시집갔지만 그래도 너는 아빠 딸 맞지?
전화 자주해라!! 아빠 기다릴게.

오늘 시집 가버린 딸에게 아빠가!

하필이면 상대 팀 총각과 눈이 맞았으니

신부 아버지 000입니다.

세상은 넓고 할 일은 많다고 했는데 세상은 참 좁고 할 일은 많은 것 같습니다. 오늘 너를 여기서 이렇게 만날 줄은 정말 몰랐다.

처음 우리 딸의 입에서 너의 이름이 툭 나왔을 때 나는 너무나 놀랐다.

아니 누구라고? 이름이 뭐라고? 동명이인이겠지 했는데.....

혹시 000조기회 아니냐 는 나의 추궁에 딸은 아빠 그 사람 정말 좋은 사람이야 라고 했습니다.

나는 단 한 번도 그 사람이 좋지 않다거나 나쁜 사람이라고 하지 않았 는데 말입니다.

지금 제 앞 왼쪽에 서 있는 사람은 저의 큰딸이고 그 옆에 서서 시선 을 약 15도 방향으로 돌리려고 애쓰는 사람은 저의 사위 000입니다.

제 사위는 제가 활동하고 있는 조기축구회와 영원한 라이벌 조기축구회의 핵심 골잡이로 지금도 활동하고 있습니다.

다시 말하면 저의 팀에서 가장 싫어하고 원망하는 골잡이입니다.

제가 잠시 기억을 되돌려보니 몇 년 전 시합에서 제가 조금 과격한 태클을 했는데 눈을 부릅뜨고 아저씨 이건 아니지, 예 하며 덤벼들었습니다.

그때 저는 저 놈 안 되겠네, 어른한테 버릇이 없네 라고 생각했습니다.

그런데 그때 그 놈이 오늘 제 사위가 될 줄은 꿈에도 몰랐습니다.

이제 알 것 같습니다. 제가 조기축구회에서 시합을 하면 언제부턴가 그렇게 축구를 싫어하던 우리 큰딸이 아빠 다칠까 걱정되어왔다, 아빠 음료수 주려고 왔다 등등의 이유를 그때 저는 우리 딸의 아빠 사랑으로만 알았는데 다른 이유가 있었던 겁니다.

이왕이면 우리 팀에도 총각이 세 명이나 있었는데 하필이면 상대 팀 총각과 눈이 맞았으니.....

이젠 내 사위가 되었습니다. 우리 사위 정말 자랑할 것이 너무 많습니다. 제가 아까 말은 그렇게 했지만 그 날도 선배님 괜찮습니까? 다치지 않았습니까? 자상하게 말하던 모습이 기억납니다. 운동 잘하고 인성도 좋은 백점 만점에 백 십 점짜리 사위입니다. 이런 훌륭한 아들을 저희에게 선뜻 허락해주신 사돈 내외분들에게 정말 감사를 드립니다.

정말 다행인 것은 바깥 사돈께서도 만능 스포츠맨이라고 들었는데 사위와 같은 팀에서 뛰지 않는다는 것이 이렇게 고마울 수가 없습니다.

오늘 저는 이 자리에서 내 사위에게 공개적으로 질문을 하려고 합니다.

우리 가족이 되었으니 우리 팀으로 오든가 아니면 농구나 배구로 종목을 바꾸었으면 한다.

사위와 더 이상 피 터지게 싸우기 싫다.

사위도 장인 생각하다 보면 본인의 기량을 제대로 발휘하기 어려워 팀으로부터 오해 아닌 오해를 받을까 걱정된다.

체력도 좋지만 다치지 않고 건강한 것이 장인이 된 내가 사위에게 바라는 소망이다. 이젠 너 혼자가 아니기 때문이다.

또 다른 이유는 작은딸도 제 언니처럼 조기축구회를 기웃거릴까 걱정된다.

젊음은 한순간이다. 청춘도 잠시뿐이다. 부디 부부가 되었으니 좀 더 세상을 멀리 보고 아내로서 남편으로서의 위치와 책임을 다하며 행복하게 살아가길 바란다.

신혼여행 갔다 오면 일주일 뒤 우리 팀과 시합이 있는데 자네는 그 시합에서 빠지기 바란다. 많이 피곤하고 힘들 텐데 푹 쉬게나.

오늘 이 결혼식을 위해 이렇게 많이 찾아주신 양가 친척 일가분들과 하객 여러분들에게 감사의 인사를 드립니다.

특히 000조기회 회원 여러분들께도 감사를 드립니다. 우리 사위 많이 사랑해주세요.

감사합니다.

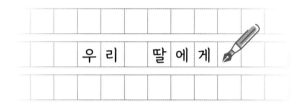

우 리　딸에게

이제 내 딸은 다 가는구나!

딸내미 결혼하니 좋으니?

아빠도 좋다.

아빠는 슬프다.

우리 딸을 매일 볼 수 없으니 말이다.

딸, 누구보다 잘 살아라!

아빠가 응원한다.

힘들고 어려운 일 있으면 언제든 아빠를 찾아라, 알았지?

신혼여행 잘 다녀오너라,

물 조심하고!!

아빠가.

양가 가족을 다 합치면 야구 한 팀이 가능

딸 딸 딸, 딸을 셋만 둔 삼 딸 아버지 OOO입니다.

딸이 하나도 아니고 둘도 아닌 셋이라 하나쯤 보내도 슬프지 않을 줄 알았는데 막상 제 딸 앞에 이렇게 서보니 가슴이 먹먹합니다. 자식은 많고 적고의 문제가 아니라 자식 한 명 한 명이 다 귀하고 소중한 나의 핏줄이기 때문인 것 같습니다. 이젠 딸이 두 명이다 생각하니 많이 허전합니다. 자식 하나의 빈자리가 생각보다 크고 넓게 느껴집니다. 이 또한 애비인 제가 감당해야 할 삶의 무게라고 여기겠습니다. 저는 여전히 아버지이니까요.

오늘 날씨도 화창한 5월의 봄날에 저희 자녀 결혼식에 함께 자리해주신 양가 친척 친지 지인 하객 여러분 진심으로 환영하고 감사합니다.

저희는 딸만 셋인데 사돈 내외분께서는 도대체 어떤 비법이 있었는지 세상에 아들만 둘을 두었으니 이것도 세상의 인연 중 귀한 인연이라고 생각합니다.

아들만 둘을 키우느라 안사돈께서 얼마나 힘들고 고생하셨을까 생각하니 다시 한번 대단하다는 생각이 듭니다.

아들 둘 집과 딸 셋 집이 이렇게 혼사를 통해 귀한 인연을 맺으니 하늘도 축복하는지 흐렸던 날씨가 이렇게 맑고 환한 세상이 되었습니다. 양가 가족을 다 합치면 야구 한 팀이 가능하더군요. 참고로 저는 골수 롯데자이언츠팬입니다. 1984년과 1992년에 이어 세 번째 우승을 30년째 기다리고 있습니다. 우리 딸 시집가는 것보다는 롯데가 먼저 우승할 것이라고 믿고 응원했는데 우리 딸이 먼저 시집을 가는 것 같습니다.

큰딸을 시집보낸다 생각하니 며칠 전부터 가슴 한곳이 허전해지고 알수 없는 걱정과 불안함에 밤잠을 설치기도 했습니다. 그저 부모의 딸로만 30년 넘게 살아오다 이제부터는 전혀 다른 가정으로 들어가 아직은 어려운 시어른들을 공경하고 모시며 남편의 내조를 과연 잘 해낼 수 있을까 걱정이 많았습니다. 두 딸들 몰래 눈물도 훌쩍거렸더니, 이런 저를 보며 남은 두 딸들이 아빠 우리가 있잖아요 하며 저를 달래주었지만 그 희망도 오늘 아침 바로 이곳에서 산산이 깨어지고 말았습니다.

둘째 셋째 딸이 하얀 드레스를 입은 제 언니를 보더니,

나도 시집가고 싶다. 빨리 가야지 하더군요.

나도 시집갈 거야 하며 어제의 공약을 하루아침에 다 깨버리고 말았습니다.

내 자식이라고 어찌 부모와 같이 평생 살 수 있겠습니까, 언젠가는 제

짝을 찾아 자기의 인생을 살아가는 것이 부모의 꿈이고 복이기도 합니다. 오늘 제 큰딸이 이런 부모의 바람을 눈치챘는지 슬하의 자식에서 신랑 OOO의 아내가 되겠다며 출가를 결심하였습니다.

처음에는 야 너 진짜 갈 거야?

큰딸 너 아빠가 좋아 그놈이 더 좋아?

여기서 그놈은 우리 사위를 말합니다.

그놈 당장 데려와 봐!

우리 사위를 처음 보았습니다. 이런 남자라면 내 딸과 함께 인생이라는 먼 길을 떠나는 든든하고 지혜로운 동반자가 되겠구나 하는 확신이 생겼습니다.

그날부터 저는 제 딸에게,

야 그놈 다른 여자에게 가기 전에 얼른 네가 데려와 알았지 라며 결혼을 서둘렀습니다.

오늘 이 자리에서 이렇게 두 아들 모두를 훌륭하게 양육해주신 사돈 내외분께 진심으로 대단하시고 감사하다는 인사를 다시 한번 올립니다.

오늘 큰딸을 보내고 나면 줄줄이 둘째 셋째도 제 아빠 곁을 떠날 것입니다. 슬프지만 그것이 인생이고 우리 삶의 순리라고 받아들이겠습니다.

사람은 살아있는 동안 또 다른 이별을 위해 산다고 하였습니다. 다음 이별을 마주할 때까지 지금보다 더 건강하고 멋있게 살아가려 합니다.

이제 딸 셋 중에 하나를 보냈고 아들 둘 중에 하나를 보낸 사돈 내외분께 우리도 자식들 키우느라 힘들었으니 사돈끼리 여행이라도 가자는 말씀을 드립니다.

신혼부부가 신혼여행을 가듯이 혼주들도 혼주여행 한 번 가봅시다!

꼭 신혼부부만 여행가라는 법이 있습니까?

혼주도 혼주여행 가는 선례를 저와 우리 사돈이 만들었으면 합니다.

너희들이 가면 우리도 간다 한 번 보여줍시다.

이제 성혼선언도 다 마쳤으니 너희는 부부가 되었다.

그러니 이제부터는 너희들이 알아서 잘 살아라.

너희들이 선택한 인생이고 사람이니 그 책임에 따른 결과인 행복과 불행 기쁨과 슬픔 모두 다 너희들의 몫임을 잊지 말아라.

부모는 그저 행복하고 기쁨만 가지고 살아가길 기도할 뿐이다.

잘 살아라. 이상 끝.

감사합니다.

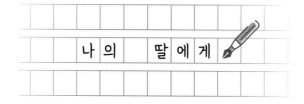

나의 딸에게

드디어 갔구나, 내 딸이!

언제 이만큼이나 커서 시집을 갔나?

늘 어린아이로 생각했는데 너도 이젠 서른이라는 나이가 되었구나. 부모가 늙어가야만 자식들이 어른이 되는 것이 사람의 삶이다.

대견스럽다. 좋은 제 짝을 만나 이렇게 어른이 되는 것을 보니 아빠는 흐뭇하다.

부디 잘 살아라,

부디 행복하거라!

아버지는 더 이상 바라는 것이 없다.

사랑한다 우리 딸.

우리는 아들만 셋이고
그쪽 집은 딸만 셋이니

예쁜 신부의 잘 생긴 아버지 000입니다.

오늘 드디어 마침내 우리 딸이 결혼을 합니다. 간다 간다 말도 많고 탈도 많던 둘째 딸을 드디어 이렇게 보내게 되었습니다.

왜 이렇게 뜸을 들이고 가지 않나 했더니 이렇게 훌륭한 남편을 데려오느라고 조금 늦어진 것 같습니다. 사돈 내외분 대단하십니다. 감사합니다.

첫째 딸에 이어 둘째 딸 결혼에도 이렇게 많이 참석해주신 하객 여러분들에게 또 한 번 감사의 인사를 드립니다. 오늘 저의 둘째 딸 결혼은 조금 특이한 가정과 가정의 만남이 이루어졌습니다. 어쩌면 천상의 인연들이 제대로 만난 것이 아닌가 생각합니다.

저희와 사돈집을 한마디로 말하면 삼삼한 가족 이렇게 표현하면 될 것 같습니다. 지난번 상견례에서 사돈께서 우리는 아들만 셋이고 그쪽 집은 딸만 셋이니 우리는 삼삼한 가족인 것 같다는 말씀에 정말 좋은 표현이라고 맞장구를 쳤습니다.

우리 둘째 딸과 사돈집 둘째 아들이 이렇게 만나 결혼을 하니 딸을 보내는 슬픔도 싹 잊어버렸습니다. 아이 셋을 키운다는 것이 얼마나 대단한 능력이고 얼마나 엄청난 인내와 지혜가 필요한지를 우리는 너무나 잘 알고 있습니다.

오늘 이 자리에서 양가 부인님들께 고개 숙여 너무 수고하셨고 감사하다는 인사를 정중하게 올리겠습니다. 아울러 고생시켜 미안합니다는 말씀도 함께 드립니다.

제 부인께서 세 딸들에게 너거는 절대로 아 셋 낳지마라 알았나?

내가 미쳤지, 우짜다가 아를 셋이나 낳아 이 고생을 했노?

너거 엄마 고생한 거 다 봤제?

딱 하나만 낳아 제대로 잘 키워라! 알았나?

그래서 오늘 이 자리에서 제가 꼭 확인을 해야 할 것이 하나 있습니다.

사위 OOO 아, 자네는 우리 딸과 결혼하여 자녀는 몇 명을 계획하고 있는가?

어느 누구의 눈치도 보지 말고 정직하게 말해보게!

우리 부모 세대와는 분명 달라진 세상입니다. 아이 한 명 키우기가 얼마나 힘들고 많은 돈이 들어가는지 잘 알고 있습니다. 나라에서는 인구

절감으로 아이 낳기를 외치지만 아이를 낳아 양육하는 것은 오롯이 부모의 책임이고 부모의 몫이니 오늘 결혼한 너희들은 세상과 부모가 아닌 너희들의 미래와 너희 아이들의 꿈만 생각하며 슬기롭게 살아가기 바란다.

아버지는 너희들이 첫 딸을 낳았다고 아들도 있었으면 참 좋을 텐데 이런 말은 절대로 하지 않을 것이다. 이 부분은 결혼식이 끝나고 사돈들과 잘 의논해 보겠다.

너희에게 아이가 하나뿐이면 시댁과 친정 어른들이 아이를 봐주기도 참 수월하다. 그런데 둘 셋이면 우리도 이젠 나이가 있기에 참 부담스럽고 곤혹스러울 것 같다.

아이 하나면 무료봉사가 가능하지만 둘 셋이면 어쩔 수 없이 소정의 봉사와 수고료 정도는 너희가 부담해야 할 것 같다. 어쩔 수 없이 최저임금은 보장되어야 하지 않겠느냐?

요즘 기름값도 올랐고 매년 최저시급도 인상되니 이런 점 참고하기 바란다.

양가의 막내들도 이런 점 잘 참고하여 짝을 찾길 바란다.

부모가 자식을 키우는 것은 법적으로도 지키고 실천해야 할 의무입니다. 오늘 이렇게 신랑과 신부를 마주 보니 제대로 잘 키웠고 제대로 잘 커 주었다는 흐뭇한 느낌에 참으로 기분이 좋습니다.

부디 너희들도 양가 부모님의 가르침대로 우리보다 더 훌륭하고 좋은 부모가 되어주기 바란다.

이것은 비단 너희들에게만 해당되는 것이 아니라 이미 결혼한 첫째와 결혼을 꿈꾸고 있을 막내들도 꼭 명심해 주기 바란다.

다시 한번 저희 아이들 결혼식에 귀한 걸음과 축하의 박수를 보내주신 양가 친인척분들과 하객 여러분들에게 고개 숙여 감사의 인사를 드립니다.

모든 가정의 행복과 모든 가족들의 건강을 기원하며 인사를 마치고자 합니다. 감사합니다.

아빠다

드디어 결혼식이 끝났다.

딸 수고했다.

많이 힘들지?

아까 보니 밥도 못 먹던데, 마음이 아프네!

아빠도 거의 먹지 못했다.

기쁘고 슬프고 마음이 복잡하더라,

이제부터는 엄마 아빠보다 너의 옆에 있는 남편이 가장

큰 힘이 될 것이다.

서로 믿고 의지하며 좋은 부부가 되거라.

엄마 아빠 보고 싶다고 아무 때나 불쑥 집으로 오면 안
되는 것 알지?
매사에 신중하고 조심하거라, 그것이 시집살이다.
우리 딸, 잘할 수 있지? 파이팅!!

아빠가.

자네 장모는 다른 여자들처럼
명품을 좋아하지 않는다

세상 최고로 행복한 아버지 000입니다.

저는 오늘 이 자리에서 평생 간직해온 저의 꿈 하나를 이루었습니다. 바로 오늘 결혼하는 저의 딸입니다.

좋은 사람 만나서 행복하고 축복받는 결혼식을 하는 것이 저의 첫 번째 꿈이었습니다. 아버지가 된 후로 늘 가슴속에 간직해 온 저의 꿈이었습니다. 이런 저의 꿈을 이룰 수 있도록 결정적인 도움을 주신 사돈 내외분께 뭐라 감사를 드려야 할지 모르겠습니다.

감사하고 또 감사합니다.

아버지로서는 나이 들어가는 딸을 바라보며 혹시라도 결혼을 하지 않겠다든가, 결혼은 하고 싶은데 원하는 제 짝이 없으면 어떡하나 늘 고민이었습니다. 비혼이니 독신이니 하는 세상의 변화에 나만 변하지 않고 딸에게 결혼을 강요하지는 않았을까 잠시 되돌아보기도 했습니다.

세상이 변하여 결혼도 하지 않으려 하고 설령 결혼을 한다고 해도 아이를 낳지 않는 요즘의 세대라 아버지의 걱정은 이루 말할 수 없었습니다. 다른 사람은 몰라도 그래도 내 딸만큼은 세상의 평범함과 일반적인 상식을 따라 결혼을 하고 가정을 이루어 아이 낳고 오순도순 사는 모습이 정말 보고 싶었습니다. 특출 나기보다는 평범하고 순탄한 대개의 우리네 삶과 같은 일상을 살아갔으면 하였습니다.

나도 외할아버지 소리 한번 들어보고 싶었습니다. 나에게도 사위가 있어 사위와 함께 등산도 가고 하는 로망이 있었습니다. 장인어른하며 불쑥 찾아오는 사위를 반갑게 맞이하는 드라마 속 장면들을 보며 나도 저렇게 될 수 있을까 하는 상상도 해보았습니다.

그렇다고 사위에게 불쑥불쑥 시도 때도 없이 장인 찾아오라는 무언의 압력은 아니니 너무 걱정하지 말게나, 나도 내 나름의 라이프 스타일이 있으니 나를 찾아올 때는 반드시 문자나 카톡으로 사전 알려주기 바란다.

그리고 가급적이면 우리 딸과 함께 왔으면 한다. 사위 덕분에 딸 얼굴 한 번 더 볼 수 있으니 꼭 그렇게 해주었으면 한다. 우리 딸에게 어떤 정보를 어떻게 얼마나 입수하였는지 모르겠으나 혹여나 사위가 불필요한 낭비나 곤란한 상황을 미연에 방지하기 위해 내가 슬며시 일러 주는 말이니 오해 말고 듣거라, 다른 뜻은 전혀 없다.

자네 장모는 다른 여자들처럼 명품을 좋아하지 않는다. 그러니 무슨 이름의 가방 같은 거 신경 쓰지 마라, 장모는 오로지 현금을 제일 선호한다. 한 달에 한두 번은 딸과 함께 회를 먹으러 다녔다. 회는 꼭 자연산이다. 나는 뭐 특별히 좋아하는 것도 없다. 가끔 장어 한 번씩 먹고 바다낚시 종종 간다. 자네와 같이 가자는 말은 아니다. 그냥 그렇다는 것을 말하는 것뿐이다.

이제 출가외인이 된 딸 OOO야, 집을 나갔으니 이제 너의 집은 네가 지금껏 살아온 너의 기억 속 그 집이 아니다. 네가 생각하는 우리 집은 이제 친정집이 되었단다. 나 역시 아버지에서 친정아버지가 되었듯이 말이다. 우리는 이제 서로 다른 집에서 살게 된다. 가족도 새로운 가족들을 만나게 될 것이다. 하루빨리 이 아버지 어머니처럼 시댁의 여러 어른들과 친척분들의 얼굴과 이름도 익혀 시댁의 복덩이 같은 새 식구가 되어주기 바란다. 너를 시집보내는 아버지 어머니의 가장 큰 소원이다. 이 애비의 자식이니 너를 믿는다. 너는 분명히 잘하리라 생각한다.

아무리 세상이 변하여도 여자에게 시댁은 분명 어렵고 힘들 것이다. 그렇다고 외면하거나 도망갈 수는 없다. 너의 어머니 또한 너보다 더 혹독하고 눈물겨운 여자의 길을 걸어왔다. 어머니의 삶에서 많은 교훈과 지혜를 가져가길 바란다.

아버지가 단지 하나 마음에 걸리는 것은 이곳 포항에서 너무나 멀리 떨어져있는 경기도 고양시로 간다고 하니 그것이 아쉽다. 너무 아쉽구나. 딸이 보고 싶어도 선뜻 다가갈 수 없을 만큼의 먼 거리로 떠난다니 아버지의 마음이 아프구나.

내 곁에 있을 때처럼 밥은 먹었는지 아프지는 않는지 아버지의 걱정은 더 커지고 깊어질 것 같구나, 하지만 아버지는 이런 걱정하지 않을 것이다. 바로 네 옆에는 이 아버지보다 더 너를 아끼고 사랑해 줄 믿음직스러운 남자가 있으니 말이다.

사위 00아, 우리 딸 잘 부탁한다. 같은 남자로서 부탁한다. 네 여자는 네가 목숨으로 끝까지 지켜주기 바란다. 그것이 남자다. 나도 자네 장모 지금까지 잘 지켜주며 살아가고 있다. 가끔은 내 여자가 머리에 열이 있는지 슬며시 이마에 손도 올려보고 무슨 걱정이 있는지 기분도 체크 해보기 바란다.

끝으로 인자하시고 자애로운 사돈 내외분께 못난 애비가 염치없이 제 딸 부디 딸처럼 귀엽게 잘 가르쳐 사돈 내외 가정에 큰 복이 될 수 있었으면 합니다.

오늘 화창한 주말에도 불구하고 어떤 일정보다 중요하게 생각하여 이곳 결혼식으로 달려와 주신 모든 하객 여러분들에게 고개 숙여 감사의 인사를 올립니다. 모든 가정의 화목과 행복을 기원합니다. 감사합니다.

나의 딸에게

회사도 신입, 부부도 새내기, 처음은 다 그런 것이다.

처음부터 다 잘하는 사람 없다.

딸 기죽지 말고 힘내라!

아빠의 딸이잖아!

결혼식 내내 너의 모습을 힐끔힐끔 쳐다보았다.

한번이라도 더 눈에 담아두려고!!

딸, 아빠는 너의 결정과 판단을 단 한 번도 믿지 않은 적
없었다.

이번 결혼도 마찬가지다.

너를 믿는다.
그래서 그 어떤 부부보다 잘 살 것이라 확신한다.
신혼여행 다녀와서 보자!!
물 조심 차 조심 사람조심 알지?
아빠가 늘 너에게 하는 잔소리, 잊지 마라!!!

결혼식 마치고 아빠가

2019년 4월14일 일요일
경주 불국사를 갔습니까?

　우리 딸의 영원한 아버지, 이제는 내 딸 00의 친정아버지가 된 000
입니다.
　감사합니다. 주말의 모든 일정을 다 미루고 가장 먼저 저희 아이들 결
혼식을 잊지 않고 이렇게 찾아주신 양가의 친척과 친지 여러분 그리고
신랑 신부의 직장동료 여러분들을 진심으로 환영하고 감사를 드립니다.
　오늘 함께하신 모든 하객 여러분들의 평생 건강과 영원한 행복을 세상
의 모든 신들에게 기도하겠습니다. 여러분들의 박수와 축복을 평생 고
마움으로 간직하겠습니다.
　저는 오늘 제 딸을 시집보내면서 엄청난 사실 한 가지를 알게 되었습

니다. 그것은 바로 사랑의 힘입니다. 신랑 신부는 지금도 같은 회사를 다니고 있는 직장동료입니다. 입사 동기이기도 합니다. 좋은 회사 들어가서 좋은 짝까지 찾았으니 참으로 좋은 회사인 것 같습니다. 회사의 대표님께도 회사가 무궁한 발전을 할 수 있도록 늘 응원하겠습니다.

사실 우리 딸이 대학을 졸업하고 취직을 하더니 신입사원 교육을 일주일 다녀온 뒤부터 일과 회사에 대한 열정이 제 생각보다 너무나 강렬하고 뜨거웠습니다. 저는 첫 사회생활에 대한 남다른 사명감과 책임감이라고 생각하며 그저 내 딸이 기특하기만 했습니다. 어쩌면 저렇게 제 애비를 쏙 빼닮았을까 했습니다.

주말도 없이 출근을 하고 또 퇴근 시간도 점점 늦어졌습니다. 조금씩 걱정이 되기 시작했습니다. 저러다 아이 몸 상할까 하는 불안함이 커져만 갔습니다.

아빠, 나 내일 토요일도 출근해야 돼요. 이번 주에도 또 나가야 되나?

좀 쉬어라, 이번 주말에는.

아뇨, 괜찮아요.

무슨 일이 그렇게 많아?

저 아직 새내기 신입이잖아요, 걱정 마세요.

저는 모든 것을 다 그대로 믿었습니다.

그런데 어느 날, 그날도 일요일 출근을 한다고 나간 딸아이가 저녁 7시쯤 돌아왔고 씻으러 간 사이 딸 아이 상의 호주머니에서 조그만 종이 하나가 떨어졌습니다.

불국사 입장권이었습니다. 날짜는 바로 오늘이었습니다.

그때부터 지금까지의 모든 주말의 일정에 대한 의심이 들기 시작했습니다.

자, 여기에서 제가 신랑에게 질문하겠습니다.

신랑은 2019년 4월 14일 일요일 경주 불국사를 갔습니까?

예, 갔습니다.

누구와 갔습니까?

신부와 같이 갔습니다.

왜 갔습니까?

불국사처럼 천 년 만 년 지키고 잘 보존해야 할 사람을 위해 기꺼이 갔습니다.

그러면 회사는 출근 했습니까?

일요일은 휴무입니다. 이상입니다.

우리 딸은 아버지에게는 회사 출근한다고 하고서는 한 남자를 미래의 남편으로 만들기 위한 치밀한 작전을 수행하고 있었던 겁니다.

어젯밤 제가 딸에게 마지막으로 물어보았습니다.

딸, 너 주말에 출근 안하고 누구와 뭐했어?

아빠 나 일했어!

이제 두 사람은 부부가 되었습니다. 오늘 이 시간 이후로는 절대로 두 사람 사이에서는 어떠한 거짓말도 하면 안 됩니다. 부부는 믿음과 신뢰 그리고 이해와 배려를 통한 존중이 부부를 굳건하게 지탱하는 버팀목입니다.

내 딸 00은 이제부터 우리 집의 위치와 주소가 바뀌었음을 잊지 마라, 네가 퇴근하여 돌아갈 집은 더 이상 지금까지의 우리 집이 아니란다. 네가 기억하고 있는 우리 집은 이제 친정집이 되었다. 결혼한 여자가 함부로 마음대로 친정집을 찾아오는 것이 아닌 것도 명심하거라.

너의 집은 시댁과 시댁의 어른들이 살고 있는 그 집이 너의 집이다. 아버지도 당장 내일부터 불쑥불쑥 네가 생각나고 보고 싶을 것이다. 그러나 참아야 되고 기다려야 한다. 그것이 사람의 도리고 지켜야 할 예절이기도 하다.

존경하는 사돈 내외분, 이처럼 훌륭하고 멋진 아들을 저의 가정에 새로운 식구로 허락해주심을 감사드립니다. 아버지로서 한 가지 염치없는 욕심을 부려본다면 오늘부터 제 딸의 부족함과 허물은 너그러이 이해하고 용서해주십시오. 잘해보려고 한 것이고 아직은 서툴러서 한 것이라 내 자식처럼 어여쁘게 돌봐주셨으면 합니다.

두서없이 말이 길어졌습니다. 직장 동료에서 인생의 동료가 된 너희들은 그 누구보다 더 잘 살 것이라 믿는다. 회사에서 나오는 상여금이나 성과금이 있다면 둘이 조금씩 나누어 양가의 부모님께도 성과금으로 가끔 주었으면 한다. 엄마와 아빠는 월급과 성과금이 사라진 지가 너무나 오래되었구나. 부모님도 충분히 그런 것 받을 만 하다고 생각한다. 계좌번호는 모바일 청첩장에 선명하고 정확하게 인쇄되어 있으니 참고하거라. 참고하라고했지 그것으로 뭘 어떻게 조치하라는 말은 아니다. 그리고 강제사항도 아니다.

감사합니다.

그리고 주말에 회사 출근한다며 친정으로 오면 안 된다. 알겠나, 딸아??

딸 에 게

너의 어머니를 시집보낸 외할아버지의 마음도 아빠처럼 이랬겠지?

막상 너를 보내고 나니 참 마음이 허전하다.

생각보다 딸을 시집보내는 것이 쉽지가 않구나.

결혼식 마치고 네가 신혼여행 가기 전 아빠는 혼자 잠시 차 안에서 이 쪽지를 적고 있단다.

딸,

잘 살 수 있지?

절대 어느 누구에게도 기 죽지마라!

너는 누가 뭐래도 이 아빠의 딸이다.
아프지 말고,
혼자 울지 말고
혼자 무서워 하지마라,
너의 곁에는 언제나 너의 든든한 남자들이 있다.
남편과 아빠가 있단다.

밖에서 아빠를 부르는 소리가 들린다. 이만 쓸게.
딸, 사랑해!!

너는 절대로 그런 남자 만나지마라 알았나?

우리 딸 만세! 우리 사위 만세!

내 딸만큼이나 내 사위를 사랑하는 딸의 아버지이자 사위의 장인어른이 된 000입니다.

오늘 우리 딸과 우리 사위의 결혼식을 위해 주말임에도 불구하고 모든 나들이와 맛집을 다 포기하고 이곳 사랑의 공간으로 발걸음 해주신 모든 하객들에게 정말 대단한 결심과 용기 있는 행동에 존경의 인사를 드립니다. 감사합니다.

사실 이렇게 좋은 날에 하객이 적어 자리가 텅 비어 있는 것만큼 서글픈 것도 없을 것입니다. 그래서 저는 결혼날짜가 잡힌 이후로 동창회, 각종 모임, 아파트 이웃, 바둑교실 회원들에게까지 소식을 전파하였습니다. 기쁜 날이니 함께 기쁨을 나누자는 것이고 기꺼이 찾아주셨으니 맛있는 음식을 대접하는 것이 우리네 인정이라고 생각하였습니다.

결혼은 잔치입니다. 만나는 사람으로 모두가 다 즐겁고, 나누는 음식으로 즐거운 시간이 되셨으면 합니다. 오늘 제가 그동안 공을 들인 사람들의 거의 대부분이 찾아주시어 저의 노력이 헛되지 않았음에 기분이 좋습니다. 경조사는 서로의 품앗이라고 하였습니다. 우리 조상들은 경조사에는 항상 그 기쁨과 슬픔을 함께 나누었습니다. 다시 한번 하객 여러분 감사합니다.

오늘 제 둘째 딸이 결혼을 합니다. 기쁘면서도 참으로 아버지는 난감하기 그지없습니다. 연년생 언니를 앞질러 동생이 먼저 가겠다고 하니, 가지 말라고 막을 수도 없고, 조금 기다렸다가 다음에 가면 안 되겠냐 하여도 막무가내로 가야 된다고 하니 참으로 답답합니다.

제 언니는 먼저 준비된 사람이 먼저 가라고 하지만 어디 그 속이 편하기야 하겠습니까? 사람이 세상에 태어나면 마지막 가는 것에는 순서가 없다고 하지만 시집가는 것에도 이렇게 순서가 없을 줄은 미처 예상을 하지 못했습니다.

우리 둘째 딸이 이렇게 언니보다 먼저 시집을 간다고 하니 혹여나 무슨 일이 벌어져 가는 것인가? 무슨 속도위반을 했는가? 이런 질문을 살짝살짝 하시는데 전혀 그런 문제는 없음을 이 자리에서 명백하게 말씀드립니다.

제가 우리 딸에게 살며시 물어보니 아직 손도 한 번 잡아보지 못했다고 하는데 이 말을 믿어야 할지 참으로 제 마음이 복잡합니다.

손도 안 잡아본 것인지 손만 안 잡아봤다는 것인지, 사위에게도 슬쩍

물어보았더니 아직도 제 딸의 눈도 제대로 쳐다보지 못한다고 하니 도대체 누구의 말을 믿고 누구의 말이 거짓말인지 도무지 알 수가 없습니다.

손도 한 번 안 잡아보고 눈도 제대로 쳐다보지 못하면서 이렇게 서둘러 결혼을 하겠다고 하니 빨리 손을 잡아보고 제대로 눈동자까지 쳐다보고 싶어서 그러는가 하는 생각도 해보았습니다. 그래서 빨리 결혼을 시켜야겠다 결심했습니다.

우리 딸은 병원의 간호사이고 사위는 딸이 일하는 병원에 환자로 입원하여 치료만 잘 받고 병원비 계산하고 퇴원하여 집으로 가면 되는데 제 딸까지 데려가겠다고 저를 찾아왔습니다. 참으로 황당하였습니다.

간호사가 너무 예쁘고 정말 천사 같아서 제가 평생 공주처럼 왕비처럼 모시고 살고 싶다고 하였습니다. 그래서 제가 어디가 아파서 병원에 입원했는지 물어보니 회사 동아리 축구모임에서 운동하다 인대를 조금 다쳤다고 하였습니다. 그러고 보니 제 딸이 언젠가 저에게 이런 이야기를 하였습니다.

아빠, 우리 병원에 허우대는 멀쩡한 남자가 인대 약간 늘어났는데 의사 선생님이 이제는 퇴원해도 된다고 했는데도 퇴원을 안 한다.

나이롱 환자 아니가, 혹시 보험금 더 받으려고 엄살 부리는 거 아이가, 너는 절대로 그런 남자 만나지마라 알았나?

그때 그 남자가 지금 제 앞에 이 남자입니다.

우리 딸이 너무 좋아서 도무지 퇴원이 하기 싫었다고 하면서 온갖 핑계와 꾀병으로 버텼다고 합니다.

사위 000야, 이제 인대는 괜찮나? 걱정 안 해도 되나?

그 병원에 우리 딸 말고 혹시 또 마음에 든 다른 간호사는 없었제?

우리 사위 운동도 좋아하고 회사에서 일도 잘하여 인정받는 직원이라고 들었습니다. 목표를 가지면 반드시 그 결과를 이루고 마는 남자 중의 남자입니다.

이렇게 아들을 잘 키워주신 사돈 내외분 감사합니다.

기꺼이 제 사위로 보내주신 사돈 내외분 고맙습니다.

제가 사위를 억수로 아끼고 사랑하듯이 사돈 내외분께서도 우리 딸 지금보다 더 많이 예뻐해 주시기를 부탁드립니다. 환자에게는 백의의 천사이듯이 시댁과 시댁의 어른들에게는 민씨 가문의 천사가 될 것입니다. 이제 신부 아버지는 친정아버지로 돌아가겠습니다. 내 딸은 부디 시댁에서 새로운 가족들과 함께 시댁의 화목과 행복을 위해 너의 모든 정성을 다 쏟아 붓도록 하여라. 딸아, 아무리 세상이 변해도 며느리는 며느리라는 사실을 명심하거라. 감사합니다.

보 고 싶 은　　딸 에 게

환자도 다 잊고

병원도 다 잊어버리고

며칠 동안은 오로지 너만 생각하거라.

그동안 정말 수고 많았다.

힘든 너의 모습을 볼 때마다 아빠는 참 마음이 아팠다.

남편이랑 좋은 곳에서 제대로 힐링하고 오너라.

시집을 간 것이지

아빠의 딸을 떠난 것은 아니니 아빠는 하나도 섭섭하지

않다.

다만 벌써부터 딸이 보고 싶어지는구나.
우리 딸,
최고다!
우리 사위
최고다!

딸을 시집보낸 아빠가

네가 준 그 30만 원은
아직도 봉투에 그대로 들어있단다

애호랑나비가 나폴거리는 참 좋은 봄날입니다.

이렇게 좋은 날에 너무나 아름답고 멋진 신랑 신부와 함께 있으니 여기가 무릉도원이 아닌가 하는 착각이 들 정도입니다.

5월의 신부, 5월의 신랑이 된 저의 딸과 저의 사위의 결혼을 축하하기 위해 이렇게 귀한 발걸음 해 주신 양가 가족들과 모든 하객 여러분 너무너무 감사합니다. 결혼식은 가족과 가족의 잔치이고 이웃과 이웃의 잔치이기도 합니다. 오늘 이 잔치에 정말 잘 오셨습니다.

저는 신부의 아버지 000입니다.

먼저 아들을 이만큼이나 훌륭하고 건강하게 키워 저의 새로운 가족으로 보내주신 사돈 내외와 여러 친지분들에게 감사의 말씀을 드립니다. 사위를 볼때마다 훌륭한 가문에서 좋은 부모님의 영향으로 자란 자녀는 뭐가 달라도 다르다는 것을 여실히 느낄 수 있었습니다.

내 사위 00아, 우리 집 식구가 된 것을 진심으로 환영한다.

우리 딸 00아,

자랑스럽고 참 예쁘구나, 지금 아버지는 가슴을 진정시킬 수 없을 정도로 벅차고 감격스럽다. 너를 업고 안고 아파트 놀이터에서 놀아주던 것이 엊그제 같았는데, 이렇게 누군가의 아내가 되고 며느리로 간다고 하니 기쁜 마음과 허전한 마음에 정신이 어지러울 지경이다.

초등학교 5학년 때였다. 새벽녘에 갑자기 열이 나고 몸이 차가워져 너를 업고 병원 응급실로 갔던 일, 중학교 때 휴대폰을 잃어버렸다고 엉엉 울던 모습이 기억나는구나. 아빠에게는 그저 너무나 좋은 딸이었다. 매일매일 봐도 또 보고 싶은 귀한 딸이었다. 하루에 한 번씩 아빠에게 카톡을 날려주던 아빠의 에너지 내 딸이 이제는 아빠의 곁을 떠난다고 생각하니 왜 이리도 서운하고 왜 이렇게 눈물이 나는지 모르겠다. 아마도 아빠가 너에게 더 잘 해주지 못해 그런 것 같구나.

네가 직장인이 되어 첫 월급 받았다면서 엄마 몰래 아빠 지갑에 예쁜 카드와 함께 30만 원이 든 봉투를 두고 갔더구나. 아빠는 그날 하루 종일 너의 그 쪽지와 봉투를 보며 웃다 울다를 반복했었다. 그때 네가 준 그 30만 원은 아직도 봉투에 그대로 들어있단다. 도저히 아깝고 귀한 돈이라 쓸 수가 없었단다. 그런데 나중에 알고 보니 엄마에게도 30만 원을 드렸더구나. 역시 내 딸이다. 다시 한번 고맙다. 이젠 아빠도 퇴직을 하고 백수가 되었으니 네가 준 30만 원 잘 쓰겠다.

사위도 꼭 우리 딸처럼 이런 이벤트 하지 않아도 된다. 그냥 이런 일이 있었다고 이야기 하는 것이다. 그리고 우리 집에서는 부모님에게 드리는 용돈은 최소 30부터이니 참고하도록 해라. 요즘 물가도 많이 올랐지만 용돈 인상은 결코 원하지 않는다. 부담 갖지 마라.

이제 너희들은 오래전 남남으로 만나 연인이 되었고 이렇게 부부가 되었다. 누구나 결혼은 할 수 있어도 누구나 다 진정한 부부는 되지 못하더라. 부부가 되었어도 여전히 서로의 생각과 주장, 나만의 가치관만을 고집한다면 부부는 처음의 남남과 다를 바 없는 관계가 되고 만다. 헤어짐을 전제로 만나는 연인은 용서가 되지만, 이혼을 각오하고 하는 결혼은 결코 용납되지 않는다. 결혼은 연습이 아니다. 부부는 살아보고 결정하는 선 결혼 후 부부라는 생각은 아주 잘못된 것이다.

부부는 사람으로 살아가면서 처음이자 마지막 인연이다. 나의 여자 나의 남자는 오로지 당신뿐이라는 서로의 마음이 통하였고 그렇게 받아들였기에 부부가 된 것이다.

엄마 아빠도 이제 곧 결혼 35주년을 맞는다. 부부의 시간에 유효기간이란 없다. 언제까지만 함께 사는 부부는 부부가 아니다. 영원히 함께 누군가의 마지막까지 늘 곁에 있어 주는 사람이 부부다.

내 딸에게 평생을 함께 해 줄 사람이 생겨 너무 좋다. 아빠의 마음으로 항상 지켜줄 든든한 남자가 있어 너무 고맙다.

딸의 남자, 나의 사위 00아, 우리 가족 모두가 너를 환영한다. 오늘부터 너도 우리 가족이다.

딸을 보내는 마음과 사위를 맞이하는 마음이 똑같다 보니, 이젠 제 마음의 수평도 딱 맞추어졌습니다. 한결 마음이 평온합니다.

신부 아버지의 인사를 마치면서 사돈 내외분과 그 가족 모두에게 늘 건강과 가정의 행복을 기원드립니다. 찾아주신 하객 여러분 한 분 한 분 고마움을 결코 잊지 않겠습니다. 감사합니다.

		나	의		딸	에	게		

그냥 허전하다.

집에 가면 여전히 네가 있을 것 같다는 생각이 든다.

하지만 너는 이제 우리 집에 없겠지?

여전히 식구인데 이제는 함께 살 수 없는 식구가 되었다.

그래도 아빠는 여전히 너의 아버지이고 너는 내 딸이다.

딸의 결혼을 축하한다.

아빠는 네가 누구보다 행복하게 살았으면 한다.

아까 몰래 뒤돌아서서 눈물 흘리는 너를 보았다.

울지 마라 딸아!
이제부터는 웃을 날들만 영원히 계속되었으면 한다.
지금까지 결혼식 준비하느라 정말 수고했다.
신혼여행 잘 다녀오너라.

내 딸은 먹구름 속에서
또 그렇게 웃었나 보다

한 쌍의 부부가 되기 위해
딸은 봄부터 그렇게 웃었나 보다

한 남자의 아내로 가기 위해
내 딸은 먹구름 속에서
또 그렇게 웃었나 보다

그립고 아쉬움에 가슴 조이던
머언 먼 젊음의 뒤안길에서

인제는 돌아와 신랑 옆에 선
네 엄마같이 생긴 딸이여

새하얀 네 드레스 보려고
간밤엔 눈물방울 저리 내리고
아빠는 잠도 오지 않았나 보다
〈신랑 옆에서〉

안녕하십니까? 고등학교에서 국어를 가르쳤던 전직 국어 선생님 출신이자 어여쁜 신부의 아버지 OOO입니다.

우리 딸이 결혼하겠다고 발표하는 순간부터 알 수 없는 배신감과 서운함을 말로는 표현할 수 없어 얼굴 표정으로 한 번씩 제 마음을 딸에게 보여주었습니다.

갈 때 가더라도 이렇게 갑자기 갈 줄은 몰랐기에 아버지는 아직 딸을 보낼 마음의 준비가 충분히 되어있지 않습니다. 여전히 내 딸이건만 이젠 누군가의 아내와 며느리가 되는 길로 떠난다고 하니 가슴이 미어집니다.

하지만 이미 다 결정된 사항들을 되돌릴 수도 없고 어차피 가야 하고 보내야 할 딸이고 그것을 받아들여야 할 아버지이기에 딸의 결혼을 흔쾌히 받아들였습니다.

신부 아버지 축사 부탁드려요 아빠 하는 딸의 목소리에는 여전히 신남과 즐거움의 흥분이 수북수북하였습니다. 제 아버지는 속이 타고 서운해 죽겠는데 저렇게 가고 싶은 시집을 지금까지 어떻게 참았나 싶었습니다.

제가 국어 선생님 출신이라 축사도 조금 폼나게 문학적으로 해보자 싶어 어젯밤 서정주 시인의 국화 옆에서 시를 신랑 옆에서로 바꾸어 읽어 보았습니다.

괜찮았습니까?

돌아가기엔 이미 너무 많이 와버렸고
버리기엔 차마 아까운 시간입니다

어디선가 서리 맞은 어린 장미 한 송이
피를 문 입술로 이쪽을 보고 있을 것만 같습니다

날이 조금 더 짧아졌습니다
더욱 너희를 사랑해야 하겠습니다

11월 - 나태주의 시였습니다.

11월의 신랑 신부에게 아버지와 장인이 바치는 시입니다.
11월에 부부가 되었습니다.
다가오는 12월 된바람 부는 한겨울에도 딸이 춥지 않을 것 같아 아버지는 마음이 놓입니다. 이젠 딸아이의 목에 목도리를 해주지 않아 후회하는 일은 없을 것 같습니다. 든든하고 괜찮은 남자가 알뜰하고도 살뜰하게 잘 살펴주리라 믿습니다. 목도리도 아주 좋은 것으로 사주겠지요, 살 때 장인 장모 것도 부탁한다. 목도리는 싸이즈도 필요 없으니 어렵지 않게 살 수 있을 것 같다. 굳이 명품은 아니어도 된다.

연인은 겨울에도 추울 수 있지만 부부는 겨울에도 결코 춥지 않습니다. 아내와 남편 남편과 아내라는 완벽한 사랑의 마음이라는 보온과 난방 덕분입니다.

늘 겨울철만 되면 추위에 유독 약한 딸이 걱정이었는데 이젠 그런 걱정은 사위에게 바로 넘기겠습니다. 내 딸 춥지 않도록 잘하거라, 알았나 사위야!

우리 딸은 이제부터 엄마 아빠 대신 시댁의 어른들께 아주 각별한 정성과 세심한 보살핌으로 추운 겨울을 그 어느 해보다 따뜻하게 잘 넘길 수 있도록 하여라, 그것이 너의 첫 번째 과제이다. 며느리가 잘하면 친정의 부모님은 영웅이 되고 며느리가 잘못하면 친정의 부모는 죄인이 된단다. 친정 부모를 위해서가 아니라 너와 시댁을 위해서 한치의 소홀함 없이 잘 하도록 하여라.

사돈 내외분 저의 딸 잘 부탁드립니다. 꽤 괜찮은 아이입니다.

시댁의 여러 친지 가족 여러분 우리 딸 곱게 대해주십시오.

저도 우리 사위 많이 이뻐하겠습니다.

여러분 오늘 정말 감사합니다. 여러분들 덕분에 우리 아이들 행복한 결혼 아름다운 부부가 되었습니다. 이상 축사 끝. 감사합니다.

딸, 아빠다.

지금 차 안에서 이 편지를 보겠지?

오늘 수고 많았다.

많이 힘들었지?

아침도 못 먹고 점심도 거의 먹지 못하던데 아빠는 걱정
이네.

우리 딸 아플까 걱정이다.

이제 진짜 어른이 되었고 네가 그토록 사랑하던 사람과
부부가 되었다.

대견하고 기특하더라, 우리 딸이 멋있더라.

부디 잘 살아다오.

부부가 백년회로하면서 오손도손 행복하게 살거라.

엄마 아빠 걱정은 하지 말고 너희들의 새로운 삶에 충실
하거라.

언제나 널 믿고 응원한다.

사위에게도 고맙다는 말 꼭 전해다오.

아빠가.

일 년에 두 번씩 생일
축하받지 않도록 하여라

오늘 저는 세상에서 가장 아름다운 신랑 신부를 보았습니다.

오늘 저는 세상에서 가장 감동적인 축가도 들었습니다.

그리고 세상에서 가장 아름다운 남자의 눈물도 보았습니다.

안녕하십니까. 신부 아버지 000입니다.

오늘 너무나 예쁜 신부가 된 딸을 보니 00의 아버지라는 것이 새삼 고맙고 감격스럽기까지 합니다.

한 해의 마지막 달 12월의 황금 같은 주말에 그 어떤 것보다 우선적으로 저희 아이들 혼사를 위해 기꺼이 귀한 발걸음 해주신 양가 친척과 하객 여러분들께 혼주의 한사람으로서 고개 숙여 감사를 드립니다.

살아있는 동안 오지 않는 그날은 없습니다. 저도 아버지의 아들에서 남편이 되었고 세 아이의 아버지가 되었습니다. 제 아내 역시 그러하였듯이 이제 제 딸도 오롯이 저의 딸에서 OOO의 아내 OOO OOO 여사님의 며느리가 되었습니다. 그날이 바로 오늘입니다.

딸을 시집보내는 아버지의 마음이 어찌 마냥 기쁘기만 하겠습니까. 그저 내 딸로만 살아오다 이제부터는 한 번도 경험해보지 못한 아내와 며느리 그리고 어머니라는 새로운 삶의 시간들을 살아가야 할 딸을 생각하면 아버지의 마음은 가볍지만은 않습니다. 딸의 새로운 인생 어느 것 하나 이제는 나이 든 이 애비가 대신 해 줄 수 있는 것이 하나도 없기에 안타깝기도 하지만 딸의 옆에 이렇게 듬직하고 잘 생긴 사위가 있고 인자하고 자애로운 사돈내외분을 보니 저의 걱정은 기우였던 것 같습니다. 사위를 볼 때마다 이처럼 훌륭한 아들로 키워주신 사돈 내외분과 그 친척 일가분들께도 다시 한번 감사를 드립니다.

사람과 사람이 맺는 인연 중 가장 아름답고 숭고한 세상 최고의 인연이 부부의 인연이라고 합니다. 저는 오늘 세상의 또 다른 천륜인 부부의 연을 맺은 신랑 신부에게 그저 내가 나이 좀 더 먹고 더 많이 살았다는 이유만으로 이렇게 살아라 저렇게 하거라와 같은 말은 하지 않으려 합니다.

세상도 변했습니다. 살아온 환경과 생각의 다름을 인정하고 이제부터는 온전히 두 사람만의 사랑과 배려 그리고 이해와 존중으로 살아가면 되는 것입니다. 인생에 모범 정답은 없습니다. 우리가 살아가는 것이 다른 사람들에게도 정답이 될 수 있을 정도로 더 행복하고 더 건강하게 살아가면 되는 것입니다.

아버지처럼 어머니처럼이 아닌 OOO과 OOO처럼 당당하고도 멋있게 살아가길 아버지는 늘 응원하겠습니다.

이제 부부가 되었으니 당장 내년부터는 의미 있는 새로운 기념일도 두 개가 생기겠구나. 하나는 5월21일이고 또 다른 하나는 12월10일이다. 공교롭게도 다 일요일이더구나. 5월21일은 부부의 날이다. 2007년에 법정기념일로 지정되었는데 가정의 달 5월에 둘이 하나가 된다는 의미로 21일이 되었다. 창원의 권재도 목사 부부에 의해 시작되었다고 합니다.

12월10일은 너희들 결혼 1주년 기념일이 되겠구나. 부부가 되었으니 이런 기념일도 의미 있게 보냈으면 한다. 혹시 살다가 OO이가 OO에게 잘못한 것이 있었다면 이날을 잘 활용하기 바란다. 의외의 효과도 있고 역전의 기회로도 활용할 수 있다.

그리고 오늘부터 OO는 엄마 아빠보다는 시댁의 어른들과 시댁의 크고 작은 기념일들을 잘 기억하여 조금도 소홀하지 않도록 하였으면 한다. 내가 이렇게 말한다고 사위 OO도 1월15일 장모와 4월15일 장인의 생일을 꼭 기억하라는 말은 아니다. 그냥 우리 둘의 생일이 그렇다는 것이다. 그리고 내가 방금 말한 날짜는 너희들이 흔히 쓰는 양력이 아니고 음력이다. 그러니 일 년에 두 번씩 생일 축하받지 않도록 하여라. 처음에는 익숙하지 않아 양력과 음력 두 번 생일 축하를 받아도 그리 기분 나쁘지는 않을 것 같다. 다양한 기프티콘이나 지역화폐보다는 현금이 좋을 것 같다. 계좌번호는 너희들 모바일 결혼 청첩장에 상세하게 나와 있으니 계좌번호를 알기는 아주 쉬울 것이다.

세상에서 가장 아름다운 뒷모습은 함께 걸어가는 노부부라고 한다. 그 어떠한 시간도 부부를 바꾸어놓을 수 없다. 너희들처럼.

오늘 감사를 드려야 할 분들이 많습니다. 정년퇴직한 지 3년이 지났지만 저를 기억하고 이렇게 포항에서 한걸음에 달려와 주신 직장 동료 후배 그리고 함께 일하였던 여러분들께도 감사를 드립니다.

이제 끝으로 오늘 저희 자녀들을 위해 좋은 말씀과 축복을 해주신 000 목사님과 000 원로목사님께 진심으로 감사의 인사를 드립니다.

준비된 음식 맛있게 드시고 안전하게 가시길 바랍니다. 여러분 너무 고맙습니다.

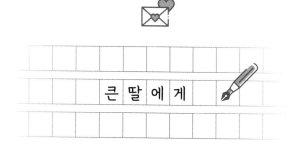

큰딸, 힘들었지?

아빠도 힘들구나.

아빠도 처음이니까 그렇다.

아내가 되고 며느리가 된 너를 바라보는 아빠의 마음은

솔직히 걱정되고

불안하며 두렵기도 하다.

지금까지는 그저 나의 딸로만 살았는데 과연 저 힘들고

어려운 무거워진

네 삶을 잘 이겨낼 수 있을까 걱정이 되는구나.

이제부터는 너의 의지와 각오가 중요하단다.
정신 똑바로 차리고 시댁에서 칭찬받는 며느리가 되어
다오.
아빠는 언제든 너의 곁에 있겠다.
힘내라 우리 딸.

아빠가.

아버지의 눈물

하늘나라 맨 앞줄에 앉아
열심히 박수를 치고 소리도 지르고

딸아이로부터 신부 아버지 축사를 해야 된다는 말을 듣고 며칠을 고민했습니다. 말주변도 없거니와 딸아이 앞에서 아버지로서, 또 사위의 장인으로서 당당하게 말을 할 자신도 없었기에 고심을 하였습니다. 이렇게 많은 사람들 앞에서 말을 해본 적도 없었기에 지금 많이 떨리고 긴장됩니다.

그러나 딸을 시집보내는 아버지가 딸에게 주는 또 하나의 선물이라 생각하고 이 자리에 섰습니다. 그리고 보니 그동안 우리 딸에게 아버지가 선물도 몇 번 하지 않은 것 같아 미안하기도 합니다. 좀 더 잘 챙겨줄 걸 하는 후회가 들었습니다. 딸아, 미안하다.

안녕하십니까, 신부 아버지 OOO입니다.

먼저 코로나라는 불안한 여건과 불편한 환경 속에서도 이렇게 직접 찾아주신 양가 친척과 하객 여러분들에게 진심으로 감사의 인사를 드립니다.

결코 쉽지 않은 결정이었으리라 생각하니 감사한 마음을 표현할 수가 없을 정도로 고맙습니다. 여러분들의 박수와 격려가 오늘 부부가 되는 저희 자녀들에게는 앞으로 살아가는 데 큰 용기와 힘이 될 것이며 좋은 기억과 추억으로 남아있을 것입니다. 먼 훗날 문득 돌이켜보면 오늘의 이 시간이 삶의 큰 에너지가 될 수도 있을 것 같습니다.

딸아이로부터 처음 사위를 소개받았을 때 '그래 됐다' 라는 소리를 질렀습니다. 물론 티 나지 않게 마음속으로 하였습니다. 잘 생기고 똑똑하며 듬직하기까지 한 사위를 보니 이토록 훌륭하게 잘 키워주신 사돈 내외분께 감사의 인사를 몇 번이나 드려야할지 모르겠습니다. 감사합니다.

오늘 저는 제 앞에 이렇게 서 있는 신랑 신부를 보니 기쁨만큼이나 참을 수 없는 슬픔도 큰 것 같습니다. 이 좋은 날 저의 옆에 함께하지 못하고 제 딸과 사위를 한 번 안아주지도 못하고 먼 나라로 훌쩍 떠나버린 제 아내 생각에 가슴이 미어집니다. 사위를 보면 얼마나 좋아했을까, 사돈 내외분을 보면 얼마나 좋아하였을까 생각하면 눈물이 앞을 가립니다.

이 좋은 것을 함께하지 못하고 이 기쁨을 즐기지 못할 아내를 생각하면 하늘이 원망스럽지만 제 아내 하나 제대로 건사하지 못한 못난 남편과 아버지를 우리 가족들은 용서하기 바란다.

가끔 제가 남자답지 않게 눈물을 보이면 너그러이 이해해 주셨으면 합니다. 저도 아버지이기 전에 보잘것없는 인간이라 제 마음의 솔직한 감정들을 저도 어찌할 수가 없는 것 같습니다. 오늘은 더욱 더 제 아내가 너무 보고싶고 그리워집니다.

아마 제 아내도 오늘 곱게 한복을 차려입고 이 결혼식을 하늘나라 맨 앞줄에 앉아 열심히 박수를 치고 기쁨의 소리도 지르고 있을 것 같습니다. 여보, 우리 사위 멋있지? 당신 딸이 당신보다 더 이쁜 것 같아, 그렇지? 뭐라고 한마디 말이라도 좀 해봐요.....

이 모든 행복이 당신 덕분입니다. 그래서 오늘 나는 당신이 더더욱 생각나고 보고싶습니다. 우리 아이들 잘 살도록 늘 지켜보고 응원해주세요. 지금은 아프지 않지? 이제는 그 독한 약도 먹지 않지? 당신을 끝까지 지켜주지 못한 못난 남편 용서해주시오.

저는 오늘 결혼한 신랑 신부에게 아버지로서 인생의 선배로서 몇 가지만 말씀을 드리려고 합니다.

먼저 딸 00아, 아빠는 너에게 정말 당부하고 싶은 것이 딱 하나다.

남편의 마지막까지도 너의 손으로 지켜줄 수 있는 그런 건강한 아내가 되어주었으면 한다. 아내와 어머니가 건강해야 가족이 건강하고 가정이 화목하다. 오늘부터는 남편과 시댁의 어른들 건강도 세심하게 살펴주기 바란다. 더 이상 아빠처럼 이런 슬픈 결혼식은 오늘 이것으로 끝을 맺어야 한다.

사위 000아, 부부는 세상 최고의 인연이 될 수도 있고 악연도 될 수 있다. 너희들은 누가 뭐래도 세상 최고의 인연이 만난 것이다. 아버지가 너에게 바라는 것은 오로지 하나다. 이제는 내 딸이 아닌 너의 아내가 된 000를 세상에서 가장 아름답게 지켜주고 평생을 건강하게 함께 해주길 바란다.

장인이 혼자이니 자주 찾아보아야겠다는 생각을 꼭 실천으로 옮기지 않아도 된다. 지나가다 좋은 분 있다고 우리 장인어른께 소개시켜 드려야겠다 이런 생각은 아예 하지 않아도 된다. 가끔 우리 딸 몰래 찾아와서 내 주머니에 용돈 쿡 찔러주고 가는 그런 것 하지 않아도 된다. 간단하게 계좌이체도 있다.

이제 내일부터 집에는 오롯이 저 혼자만 남겨집니다. 어느 방에도 사람이 없는 오로지 저 혼자만 덩그러니 남겨집니다. 문득 시집간 딸이 그립고 먼 곳으로 간 아내가 원망스러워 저 혼자 많이 울 것 같습니다. 어차피 인생은 혼자이지만 막상 저 혼자 되려고 하니 무섭고 너무나 외로울 것 같습니다. 하지만 우리 딸과 사위를 생각하며 잘 이겨내겠습니다. 언젠가는 만날 제 아내에게도 꾸지람 듣지 않도록 잘 살겠습니다.

오늘 새벽 딸아이로부터 카톡이 왔습니다. 아빠가 잘 키워주신 덕분에 저 오늘 결혼해요. 아빠, 감사하고 사랑합니다. 그냥 슬펐다. 그래서 또 눈물방울로 내 감정을 대신하였다. 아빠는 우리 딸 덕분에 이렇게 잘 살고 있단다. 딸, 고맙고 사랑한다.

이제 끝으로 오늘 이 결혼식을 위해 찾아주신 하객 한 분 한 분께 감사의 인사를 드리며, 어디에 계시든 저희 아이들의 행복을 늘 기원해주시길 소원합니다.

감사합니다.

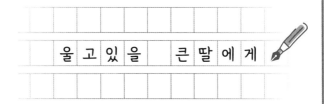

울 고 있 을   큰 딸 에 게

우리 딸 혹시 지금도 울고 있니?

이제 더 이상 눈물 흘리지 마라

네가 자꾸 울면 하늘나라 어머니도 마음이 아프단다.

아빠는 씩씩하게 잘 있으니 아무 걱정마라, 알았지?

아빠는 용감하잖아!

엄마 없이 혼자서 모든 것 다 준비하느라 고생했다.

아빠가 하나도 도움이 되어주지 못해 미안하구나,

딸,
우리 이제부터는 웃으며 즐겁게 살아보자,
그것이 너의 어머니에게 하는 최고의 효도란다.
아빠도 잘 살 테니 너도 남편이랑 행복하게 살아야 한다.
오늘까지만 마음껏 울고 내일부터는 영원히 웃으며 살
자!

사랑하는 우리 딸에게

물고기는 언제나 입으로 낚인다

신부의 아버지 OOO입니다.

사돈 내외분과 그 가족 친지 그리고 여러 하객 여러분들에게 정중히 인사드립니다. 감사하고 고맙습니다.

오늘 제 딸의 결혼식에 저는 참으로 많은 것들을 깨닫고 느끼며 때늦은 후회와 반성을 하게 되었습니다.

삼십이 년여 동안 한 가정의 아버지와 남편, 가장으로 살아오면서 이 집의 대장이 나고 이 가정의 왕도 내 자신이라고 생각하며 행동하였습니다. 지금은 돌아가신 제 아버지의 유교적 고집과 권위적 삶을 보고 배우며 살아온 저에게 아이들과 아내 우리 가족들은 늘 저의 눈치를 보게 되었고 아이들도 제 곁에 잘 오지 않으려 하였습니다. 고함 치고 소리 지르는 것이 아버지다움이라 생각했습니다.

저는 그것이 아버지와 가장의 위엄이요 위상이라고 여기며 살았습니다. 아이들을 부를 때도 좋은 이름 대신,

야! 임마! 아내에게는 어이, 야 등 상대를 업신여기는 그런 표현들을 거리낌 없이 사용하였습니다. 소리 지르고 고함치는 것이 권위이고 위엄이라고 착각하며 살아왔습니다. 아버지니까 그리하여도 되는 줄 알았고 아버지이고 남편이니까 그래야 되는 줄 알았습니다. 그런데 막상 나이가 들고 우리 딸아이가 이렇게 결혼을 한다고 하니 지난날들에 대한 미안함과 부끄러움에 며칠 동안 제대로 잠을 이룰 수 없었습니다.

저는 오늘 이 자리에서 제 아이들의 이름을 한 번 불러보고 싶습니다. 다정하게 이름 한 번 불러주지 못한 못난 아버지를 부디 용서해주기 바란다.

00 아! 00 아! 아버지가 잘못했다. 미안하다. 더 좋은 아버지 더 따뜻한 아버지가 되어주지 못해 너무 미안하다. 특히 오늘 결혼하는 큰딸 00 아 너를 볼 면목이 없다. 사위 얼굴을 바로 쳐다볼 용기도 없단다.

이런 아버지 밑에서도 그 누구보다도 올바른 인성으로 잘 자라준 너희들이 너무 고맙고 자랑스럽다.

존경하는 사돈 내외분과 그 가족 여러분!

저는 이처럼 모든 것이 부족하고 형편없는 사람이지만 제 아이와 제 아내만큼은 괴팍스럽고 고집도 센 못난 이 사람을 끝까지 이해하고 보듬어 준 가족입니다. 늘 무뚝뚝하고 아이들이 가끔 말이라도 저에게 붙이면 아무런 표정 없이 대꾸도 하지 않았고 짜증 섞인 목소리로 대화 자체를 단절시켰습니다.

제가 회사를 정년퇴직한 후 어느 날 세상에 저 혼자만 남았다는 생각이 들었습니다. 비로소 제 옆의 소중한 사람들이 하나 둘 보이기 시작했습니다.

가족의 소중함을 깨닫기 시작했습니다. 아버지의 다정다감이 때론 아이들에게 세상의 그 어떤 것보다 좋은 선물이고 큰 사랑이라는 것을 뒤늦게 알게되었습니다. 비록 시집간 딸이지만 그동안 못다 한 아버지의 다정다감을 실천해보도록 하겠습니다.

다른 아버지처럼 나도 다정하고 친근한 아버지가 되어주지 못하고 이렇게 딸을 보내려 하니 마음이 많이 아픕니다. 저는 결코 좋은 아버지가 아니었습니다. 그래서 오늘이 더 슬프고 미안합니다.

저는 오늘 결혼하는 딸과 사위에게 꼭 해주고 싶은 말이 있습니다. 그리고 말의 품격이라는 책을 꼭 한 번쯤 읽어보라고 권해주고 싶다.

물고기는 언제나 입으로 낚인다. 인간도 역시 입으로 걸린다.

탈무드의 명언에서 보았습니다.

내면의 수양이 부족한 자는 말이 번잡하며 마음에 주관이 없는 자는 말이 거칠다.

조선후기의 문인 성대종이 엮은 청성잡기에 나오는 글귀입니다.

이청득심, 즉 들어야 마음을 얻는다. 말은 마음의 소리라고 했습니다.

사람의 인품은 그 사람의 말과 행동을 보면 알 수 있다고 합니다. 말의 품격, 행동의 품격이 곧 그 사람의 품격이라고 생각합니다.

우리 딸과 사위는 이제 부부로서의 새로운 삶을 시작한다. 특히 사위는 품성이 뛰어난 부모님과 그 가족들 밑에서 성장하였기에 누구보다도 언품과 행품이 올곧은 품격 있는 사람이라고 딸을 통해 많은 이야기들을 들었다. 비록 몇 번 만나지 못했고 많은 대화를 하지는 못했지만 자네의 표정과 행동 하나하나를 보고 나는 자네가 좋은 품격을 가진 사람이라고 확신하였다.

부디 좋은 아버지 좋은 남편 그리고 좋은 아들로 누구보다 행복하고 평안한 삶을 살아가길 이 아버지는 늘 기도하겠다.

큰딸 00 아, 너의 이름을 부르는 것만으로도 아버지는 이렇게 좋은데 왜 진작 그렇게 하지 못했나 후회스럽구나. 이제부터라도 너의 이름을 자주 부르고 싶구나. 비록 아버지의 곁을 떠나지만 언제 어디서나 너는 자랑스럽고 소중한 내 딸이란다. 고맙고 사랑한다, 00 아!

감사합니다.

| | | 나 | 의 | | 딸 | 에 | 게 | |

대견하고 착한 내 딸아!

결혼식도 끝났으니 이젠 마음대로 너를 만날 수도 없구나.

아버지는 오늘 참 많은 생각과 다짐을 했다.

후회와 아쉬움에 혼자 울기도 했다.

우리 딸,

아빠 너무 미워하지 마라,

아빠 오늘부터는 더 가족들에게 잘 할 것이다.

그동안 못한 것들 다 해볼 것이다.
그러니 딸은 딸의 새로운 인생을 살아라.
고맙다.
사랑한다.

딸, 시집가기 전
아빠랑 사진 한 번 찍을까?

인사드리겠습니다. 안녕하십니까? 반갑습니다. 그리고 정말 감사하고 많이 고맙습니다.

존경하는 사돈 내외분과 친척 여러분.

바쁜 모든 일 잠시 잊고 이렇게 저희 아이들 결혼식에 직접 발걸음 해주신 많은 하객 여러분 진심으로 환영합니다. 오늘이 저희와 함께 즐겁고 유쾌한 날로 기억되었으면 합니다.

저는 오늘 결혼하는 신부의 아버지이자 멋진 사위의 장인이 된 OOO입니다. 먼저 이토록 멋지고 훌륭한 아들을 저의 집 새로운 가족으로 허락해주신 사돈 내외분께 다시 한번 감사의 인사를 올립니다.

우리 딸이 드디어 오늘 결혼을 합니다. 하얀 드레스를 입은 모습을 이렇게 보고 있으니 자꾸만 눈물이 납니다. 멀리 가는 것도 아닌데 영원히 다시는 못 볼 것 같은 마음에 어제부터 연신 딸의 모습을 힐끔 힐끔 쳐다보았습니다. 신부입장 하기 전 용기 내어 딸의 손등을 어루만져 주었습니다. 혹여나 긴장하여 춥지는 않을까 하는 마음이었습니다. 이제 이 길을 걸어가서 딸의 손을 놓으면 다시는 돌아오지 못할 것 같다는 생각에 두려움도 있었습니다. 이제 아버지의 역할은 여기까지인가, 나는 아직 딸에게 해주고 싶은 것들이 참 많은데 하는 미련과 때늦은 후회와 아쉬움들이 저를 꾸짖고 있었습니다.

직장의 입사동기가 어느 날 자신의 휴대폰에서 딸과 찍은 많은 사진들을 보여주며 저에게 자랑을 하였습니다. 봄 여름 가을 겨울 계절별로 찍은 사진들, 전국의 이름 있는 명소에서 찍은 것들은 물론 딸의 생일날 케이크 앞에서 찍은 사진도 있었습니다.

문득 제 휴대폰을 열어보았습니다. 현장의 기계설비 사진, 각종 장비와 공구들의 사진, 그리고 거래처 회사 사람들의 명함과 기억도 없는 광고 전단지 등도 있었지만 딸과의 사진은 단 한 장도 없었습니다. 마음이 무거웠습니다. 딸과의 추억이 필요했습니다. 어느 날 문득 내 딸이 생각나고 보고 싶어질 때 아무도 몰래 혼자 보고 싶은 나만의 사진이 필요하였습니다.

딸, 시집가기 전에 아빠랑 사진 한번 찍을까? 사진? 왜요? 그냥! 아빠 사진 찍는 거 좋아하지 않잖아요?

우리 딸 시집가고 나면 아빠가 딸 보고 싶을 때 한 번씩 볼려고 그래,

아빠가 그동안 일한다고 우리 딸과 사진 한번 제대로 못 찍었네, 아빠 더 늙기 전에 딸과 사진 찍고 싶다.

그러고 보니 딸의 졸업식 사진 어디에도 저의 모습은 없었습니다. 출장이다 파견근무에 아버지는 딸과 함께하지 못했습니다. 지금 제 휴대폰 속에는 우리 딸과 경주에서 찍은 사진이 100장 정도 담겨 있습니다. 동네방네 자랑하고 다녔습니다.

가족은 함께하는 것이 가족이었습니다. 아버지는 가족과 함께할 때 가장 행복하다는 것을 뒤늦게 깨달았습니다. 세상에서 가족과 가정보다 더 소중하고 귀한 것은 없었습니다. 저는 이 평범하고 쉬운 세상의 진리를 우리 딸이 결혼한다고 하였을 때 비로소 깨우쳤습니다.

사랑하는 딸과 사위야!

너희들은 이제 너희들의 가정과 가족이 만들어졌다. 가족이 가정을 지키고 가정이 가족을 지켜준다. 아무리 바쁘고 중요한 일이라도 내 가족의 곁이 가장 우선이라는 것을 너희들에게 말하고 싶었다. 아이들의 기억 속에서 아버지가 빠지지 않도록 아이들의 사진 속에는 언제나 아버지가 보이도록 하여라. 아이들에게는 사진 속 아버지가 힘이 되듯이 아버지에게도 사진 속 아이들의 모습은 커다란 삶의 에너지가 된단다.

사위 00아! 딸, 아빠랑 사진 한번 찍자! 이렇게 먼저 말하는 아버지가 되었으면 한다. 아들, 아빠랑 셀카 한 번 찍을까? 하는 아버지가 되어주게!

가족의 추억은 부모와 아이들 모두가 함께 가지고 있을 때 가장 아름답고 행복하다.

우리 딸, 주름과 하얀 머리카락의 늙은 아빠랑 사진 찍어줘서 고마워, 아빠가 좀 더 젊고 멋있을 때 찍었더라면 더 좋았을 텐데, 그래도 아빠 휴대폰에는 세상에서 제일 아름다운 우리 딸이 있어 참 좋다. 사위 000 아 우리 언제 사진 한 번 찍게 경주 가자! 가족사진은 삶의 또 다른 보약이고 희망이란다. 우리 딸은 이제부터 시댁의 부모님들과도 종종 사진으로 많은 추억 만들거라!

사진은 그리움의 거울이라는 생각을 해보았습니다. 누군가 보고 싶을 때 사진이 거울처럼 그리움을 보여주었습니다. 이제 제 휴대폰으로 우리 딸을 거울처럼 보도록 하겠습니다.

오늘 축사를 하면서 너무 저 개인적인 이야기만 한 것 같습니다. 결례였다면 딸을 시집보내는 아버지의 애절한 마음이라 너그럽게 용서해주시기 바랍니다.

감사합니다.

아 빠 의　　딸 에 게

딸, 오늘 사진 많이 찍어서 아빠는 참 좋다.

너와 사위 그리고 가족들과 찍은 사진이 아빠의 큰 보물
이 되었다.

이렇게 좋은 것을 왜 그동안 하지 않았는지……

사진 속 너의 모습은 아빠에게 큰 위안과 에너지가 될 것
이다.

너에게도 엄마 아빠 그리고 우리 가족의 모습들이 큰 용
기와 힘이 되었으면 한다.

아빠는 오늘 참 즐거웠다.
많이 행복하고 자랑스러웠다.
아빠의 좋은 딸 덕분에....
우리 딸 오늘 결혼식 한다고 수고 많았다.
며칠 여행으로 재충전하여 건강하게 돌아오너라
가족들이 너를 기다릴게.

아빠로부터.

아버지의 허물이 딸의 앞날에
장애물이 되고 걸림돌이 될까

딸에게 한없이 부끄럽고 부족한 애비 OOO입니다.

오늘 이렇게 제 딸이 잘 생기고 능력 있는 짝을 만나 결혼을 하니 이 벅찬 마음을 감당할 수가 없습니다.

이렇게 훌륭한 아들을 선뜻 저의 딸 배필로 허락해주신 사돈 내외분께 진심으로 감사와 또 감사의 인사를 드립니다.

아시는 분은 다 아시겠지만 지금 신부 측 혼주 자리에는 저 혼자뿐입니다.

아이의 어머니도 함께했다면 오늘 이 자리가 더욱 더 빛이 났을 텐데 라는 아쉬움이 큽니다.

저는 결코 저의 사정을 숨기고 싶지 않습니다. 그 어떤 변명도 하지 않고 감추지도 않겠습니다.

저는 9년 전 그러니까 제 딸이 고등학교 3학년 수능을 마친 후 제 아내와 이혼을 하였습니다. 누구의 잘못은 말하고 싶지 않습니다. 그저 한 가정과 가족을 온전하게 지켜내지 못한 저의 잘못이 그 무엇보다 크다고 생각합니다.

오늘 이렇게 결혼을 하는 딸을 보니 애비로서 너무나 미안하고 딸에게 용서를 구하고 싶은 심정입니다. 딸아, 애비를 용서해주기 바란다. 세상에서 가장 못난 애비이지만 너는 지금 너의 옆에 세상에서 가장 멋지고 훌륭한 너의 남편을 이렇게 만났으니 애비의 마음은 그저 감사하고 또 감사하단다.

존경하는 사돈 내외분께 감히 한 말씀 드리고자 합니다.

부디 제 딸을 어여쁘게 여겨주시고 사랑과 자애로움으로 사돈 내외분의 가문에 좋은 며느리가 될 수 있도록 가르쳐주시길 간절히 소망 드립니다.

부디 이 애비의 허물이 제 딸의 앞날에 티끌만 한 누가 되지 않았으면 하는 욕심을 부려봅니다. 잘못이 있다면 다 이 애비의 부덕함이니 딸을 꾸짖지 마시고 저를 질책해주시기 바랍니다.

아버지의 허물이 딸의 앞날에 장애물이 되고 걸림돌이 될까 너무나 두렵고 무섭습니다. 아빠, 괜찮아, 어깨 쫙 펴고, 하던 딸의 소리에 기쁘면서도 너무나 가슴이 미어졌습니다.

우리 딸 그 누구보다 착하고 악착같이 공부하며 살아왔습니다. 장녀로서의 책임감과 사명감으로 혼자된 애비를 챙기고 제 동생들도 돌봐준 천사 같은 아이입니다.

이런 아이가 막상 이젠 이 애비 곁을 떠난다 생각하니 며칠 전부터 잠이 오질 않았습니다. 인생은 어차피 또 다른 이별을 기다리며 살아간다고 하였습니다. 그리고 그 이별이 바로 오늘입니다.

오늘 딸과의 이 이별은 기분 좋고 축복받은 좋은 이별이라고 생각합니다.

이런 이별이라면 몇 번이라도 할 수 있을 것 같습니다. 이제 부부가 된 제 딸과 사위에게 꼭 당부하고 싶은 몇 가지 말씀을 하고자 합니다.

누군가의 잘못과 실수를 교훈 삼아 세상 그 어떤 부부보다 더 사랑하고 행복하게 살아가길 소원한다.

아내는 남편을 믿고 의지하며 남편의 편이 되어주길 바란다. 시댁의 어른들을 진심으로 공경하고 어떠한 가르침도 수긍하고 받아들여 새로 들어온 며느리로 인해 더욱더 가정이 화목하고 가문이 번창하였다는 기쁜 소리를 애비가 들을 수 있도록 노력해주기 바란다.

남편 역시 세상에 단 하나뿐인 내 여자를 내가 지키고 나의 아내만을 위한 헌신적이고 때론 감동적인 사랑을 펼쳐주길 바란다. 아내는 오로지 남편만이 내 편이라고 믿는다. 그 믿음에 남편은 언제 어디서든 대답하여야 한다. 그것이 남편의 자리다.

부디 소원한다.

애비의 아픔은 애비 혼자만의 아픔으로 평생 안고 살아갈 것이다. 너희들은 남들이 다 부러워할 그런 단란한 가정을 꾸려주길 바란다. 가정과 가족의 화목과 행복은 부부의 믿음과 사랑으로 이룰 수 있다. 결혼은 행복의 시작이 아니라 행복의 끝이 될 수도 있다. 부부의 믿음과 사랑이 중요한 이유다. 꼭 명심해주기 바란다.

저는 오늘 이 자리에서 감히 사돈 내외분께 염치없이 부탁을 드리고자 합니다. 제 딸아이에게 못다 한 에미의 사랑까지 감히 부탁드려봅니다. 무뚝뚝한 애비가 다하지 못한 다정다감한 에미의 따뜻함을 염치없이 사돈 내외분께 부탁드려봅니다. 시댁에서라도 따뜻한 가족의 정을 듬뿍 느끼며 살아가기를 아버지는 늘 기도하겠습니다.

이제 마지막으로 정말 하고 싶었던 말 한마디만 하고 마치고자 합니다. 너희들은 잘 새겨들어라. 자연의 바람은 계절별로 따뜻하고 시원하며 차갑다. 사람의 바람, 특히 남자의 바람은 결코 따뜻하지도 시원하지도 않은 오로지 후회라는 혹독함만 남을 뿐이다.

바람은 자연의 바람이 최고다. 사위는 잘 들어보게,

하늘의 바람은 보이지 않지만 너의 바람은 언제 어디서나 분명히 보인다.

바람은 피하는 것이지 피우는 것이 아니다.

바람은 잡을 수 없지만 너의 바람은 반드시 잡힌다.

바람은 시원하거나 차갑지만 너의 바람은 아프고 고통스러울 뿐이다.

너의 바람은 결코 돌아올 수 없는 강을 건넌다는 것을 꼭 명심하기 바란다.

오늘 자리를 함께 해주신 많은 양가 친척과 하객분들에게 우리 딸과 사위 많이 많이 사랑해주시길 소원하며 못난 애비의 인사말을 마칠까 합니다.

감사합니다.

나의 딸에게

딸아,
고맙다.
미안하다.
딸아,
용서하거라,
이해해다오.
딸아,
기죽지마라,
너는 최고다.
부끄러운 아빠가 딸에게.

아버지의 눈물은
나이도 먹지 않는 것 같습니다

 너무 기쁘면서도 너무 슬픈 지금 이 기분을 뭐라 말로 표현할 수 없는, 딸을 시집보내는 아버지 000입니다.

 9월의 가을이 예쁘게 만들어 놓은 산에 가기 참 좋은 이 날에도 산 대신 예식장을 찾아주신 하객 여러분들에게 큰 인사를 드립니다. 너무 감사합니다.

 가을은 사색의 계절이라고 합니다. 네 가지의 색깔을 가진 참 멋있는 계절이라고 생각합니다.

 파란 하늘과 붉은 산 노란 들판 그리고 하얀 마음의 여백, 이렇게 가을은 사색의 계절입니다. 흔히 가을을 고독의 계절이라고 하는데 아마도 그 사람은 하얀 마음의 여백이 큰 사람인 것 같습니다. 이 좋은 가을을 고독으로만 보내긴 너무 아까울 것 같습니다. 가을의 신랑 신부가 된 너희들은 가장 아름다운 부부가 될 것이다. 오늘 이 자리에 함께하신 우리 하객들도 가장 아름다운 하객이라고 생각합니다.

저는 자식이라고는 딸 하나뿐입니다. 정말 눈에 넣어도 하나도 아프지 않을 저의 유일한 핏줄입니다. 오늘까지 제가 이렇게 악착같이 살아온 것은 딸과 아내 저의 가족 때문이었습니다.

그런 딸이 오늘 이렇게 이 애비의 품을 떠난다고 합니다. 많이 섭섭하고 많이 울적합니다. 어젯밤 가족들 모두 다 잠들었을 때 몰래 딸아이의 방을 가보았습니다. 시집가기 전 마지막이라고 제 엄마와 함께 잠을 잤습니다.

제가 사다준 커다란 곰 인형, 올해 초 제주도에 가서 찍은 사진, 작년 딸 생일 때 사주었던 옷이며 책, 어느 것 하나 저의 애정이 묻어 있지 않은 것이 없었습니다. 외동딸을 시집보내는 것이 생각보다 참 힘들고 고통스럽기까지 합니다.

아무도 없는 곳에서 저 혼자 많이 울었습니다. 오늘 실컷 울면 내일 결혼식에서는 나올 눈물도 없을 줄 알았는데 이렇게 눈물은 주책없이 또 나옵니다.

나이 들면 다른 것은 다 나이가 들어 그 기능이 떨어진다는데 저의 눈물은 나이도 먹지 않는 것 같습니다. 조금 보기 흉해도 너그러이 용서해주십시오. 딸을 시집보내는 딸바보 아버지의 주책이라고 여겨주십시오.

딸을 보내는 섭섭함 대신 우리 사위를 보면 또 절로 웃음이 터져 나옵니다. 그만큼 사위가 마음에 쏙 듭니다. 웬만하면 하나뿐인 우리 딸 데려간다고 얄밉고 미울 텐데 우리 사위를 보면 볼수록 그래 자네 정도면 내 걱정 안 해도 되겠다 안심이 됩니다.

이만큼이나 아들을 잘 키워주신 사돈내외분께 감사를 드려야 하는데 뭐라 말로 표현할 방법이 없습니다. 그래서 그냥 고맙습니다. 감사합니다라고 인사를 올립니다.

내 사위 OOO야, 오늘 이 자리에서 많은 하객들 앞에서 한 가지만 약속해주기 바란다.

우리 딸, 아니 이제는 자네의 아내가 된 OOO 정말 사랑해주고 소중하게 지켜줄 것을 약속할 수 있는가? 나처럼 마누라 속 썩이지 않고 엉뚱한 사고 치지 않을 자신 있는가? 나처럼 낚시 좋아하여 2박3일 바다에서 살지 않을 자신 있는가? 등산 간다고 아웃도어 입고서는 입구 막걸리집에서 미리 하산주 마시지 않을 자신 있는가?

고맙네, 자네는 장인인 나처럼만 살지 않으면 백 점짜리 남편이 될 수있다네, 꼭 그렇게 해주기 바란다.

나를 위한다는 마음에 자네 장모 몰래 카톡으로 아버님 이번 주말 낚시 한 번 가시죠, 이번 주말 등산 가시겠습니까? 이런 제안은 일절 하면 안 된다는 것 꼭 명심하게, 자네 장모의 정보력과 예리한 촉은 그 누구도 감당할 수가 없다는 것을 잊지 말아라.

우리 딸, 그렇게 그토록 절대로 시집가지 않겠다고 장담하더니 너도 결국 가는구나, 그래 이왕 가는 것 이렇게 멋진 신랑과 훌륭한 가문으로 간다고하니 이 아빠도 기분 좋게 너를 보내려고 한다. 잘 가거라, 잘 살아라, 잘 모셔라 그리고 잘 낳아라!
끝으로 요즘 저의 18번 노래를 소개하고 마치도록 하겠습니다.
최백호의 애비라는 노래입니다.
노랫말이 너무나 제 마음과 같아서 잠시 소개해드리겠습니다.

가뭄으로 말라터진 논바닥 같은 가슴이라면 너는 알겠니
비바람 몰아치는 텅 빈 벌판에 홀로 선 솔 나무 같은 마음이구나
그래 그래 그래 너무 예쁘다 새하얀 드레스에 내 딸 모습이
잘 살아야 한다 행복해야 한다 애비 소원은 그것뿐이다
아장 아장 걸음마가 엊그제 같은데 어느새 자라 내 곁을 떠난다니
강처럼 흘러버린 그 세월들이 이 애비 가슴속에 남아 있구나
그래 그래 그래 울지 마라 고운 드레스에 얼룩이 질라
참아야 한다 참아야 한다 애비 부탁은 그것뿐이다

감사합니다.

나의 딸에게

딸 설마 아직도 우는 것은 아니지?

아빠가 자꾸 눈물을 보이는 바람에 딸에게 미안하게 되었다. 그렇지만 아빠의 솔직한 마음이었다.

이제 눈물은 여기까지다.

너와 아빠 어느 누구도 이제부터 눈물은 없다.

즐겁고 유쾌하고 밝게 살아가자.

우리 딸은 그렇게 살 자격이 충분하다.

아빠가 급한 마음에 몇 자 적어보았다.

신혼여행 잘 다녀오고 다시 만나자.

아빠가.

세상의 모든 신들이
그저 원망스럽기까지 합니다

　먼저 사돈 내외분과 여러 하객분들에게 죄송하다는 말씀부터 드리겠습니다. 신부 입장 때부터 눈물을 보여 참으로 송구스럽습니다. 그냥 딸을 처음 시집보내는 애비의 마음이라고 너그럽게 용서해주셨으면 합니다.

　오늘 세상에서 가장 예쁜 딸을 세상에서 가장 잘 생긴 남자에게 시집을 보내는 신부의 아버지 OOO입니다.

　오늘 이렇게 저희 아이들 혼사에 직접 찾아와 자리를 빛내주신 양가 친척 친지 그리고 직장동료 여러 하객들에게 고개 숙여 감사를 드립니다.

　저는 오늘 아침 딸을 시집보내는 허전함과 함께, 딸의 예쁜 드레스 입은 모습을 볼 수 없는 제 아내 생각에 가슴이 미어졌습니다. 오늘같이 좋은 날 제 아내도 건강하게 저희와 함께하였으면 하는 마음에 딸아이 몰래 화장실에서 울기도 많이 울었습니다.

지금 제 아내는 3년째 투병 중입니다. 우리 딸아이는 제 어머니 병간호와 애비 수발하느라 너무나 고생이 많았습니다. 이제 이렇게 고생만 한 딸을 덜렁 보내려고 하니 미안하기도 하고 애비로서 아무것도 해준 것도 없다는 생각에 사위 보기도 민망할 따름입니다. 한편으로는 이제부터라도 제 엄마 걱정 대신 시댁에서 여느 며느리들처럼의 일상을 살았으면 하는 희망도 가져봅니다. 이젠 너도 너의 인생, 너만의 삶을 누렸으면 한다. 아버지의 마음이다.

제 아내 하나 제대로 지켜주지 못해 오늘 같은 날도 병실에서 독한 약을 먹고 혼자 울고 있을 아내를 생각하니 억장이 무너져 내립니다. 얼마나 오고 싶었을까요, 얼마나 딸과 이 멋진 사위를 보고 싶을까 생각하면 하늘도 참 무심하구나, 세상의 모든 신들이 그저 원망스럽기까지 합니다.

아빠, 내가 시집가더라도 아빠가 더 엄마 잘 보살펴 드려야 해요, 이제 저는 아빠만 믿어요. 우리 엄마 끝까지 아빠가 지켜드려야 해요. 어젯밤 제 손을 잡고 하염없이 울던 딸아이의 모습을 잊을 수 없습니다. 병든 제 엄마를 두고 시집을 가는 딸아이의 마음이 어떠한지 어찌 제가 모르겠습니까.

딸아, 너는 아무 걱정하지 말거라, 엄마는 네 어머니이지만 아빠에게는 세상에서 단 하나뿐인 이 아빠의 여자란다. 반드시 이 아빠가 너의 엄마를 다시 세상 위로 반듯이 세울 것이다. 오늘 너와 내 사위 그리고 인자하신 사돈내외분 앞에서 제가 약속드리겠습니다.

그러니 너는 이제부터는 시댁의 어른들과 시댁의 크고 작은 일에 조금도 소홀함 없이 모든 정성으로 잘 받들어야 한다. 그것이 너의 어머니를 기쁘게 하고 힘을 돋우는 것임을 명심하거라.

내 사위 000아, 누구보다 많이 힘들어 할 내 딸 아니 자네의 아내를 잘 보살펴주게, 때로는 제 엄마 생각에 눈물도 흘리고 소리 내어 울 때도 자네가 넓은 품으로 감싸주고 달래주었으면 한다. 문득문득 엄마 생각과 걱정에 밤잠을 설치더라도 귀찮다 말고 잘 다독여주게, 염치없는 애비가 간곡히 부탁한다. 자네의 아내이기 전 한 어머니의 귀한 딸이기도 하다.

세상을 조금 더 살아온 인생의 선배이자 아버지로서 마지막 한 가지만 말씀드리고 축사를 마치려 합니다.

신랑 신부는 잘 듣거라.

결혼은 누군가와 평생을 함께 할 수 있을 만큼의 용기와 믿음, 그리고 인내가 있어야 하며, 부부는 누군가를 평생 나처럼 나만큼이거나 나보다 더 이해하고 존중하며 사랑할 수 있어야 한다.

사돈 내외분, 부디 제 딸을 잘 부탁드립니다. 제 엄마 병간호로 조금 실수를 하고 약간은 서툴러도 타박하지 마시고 꾸짖음보다는 어머니 아버지의 심정으로 잘 어루만져 주시길 감히 부탁드립니다.

딸의 잘못은 모두 다 이 애비의 부덕함 때문입니다.

이 좋은 결혼식 날 저와 저의 가족들 때문에 분위기가 많이 가라앉았습니다. 용서하시고 이해해 주셨으면 합니다.

감사합니다.

딸, 축하해

딸, 결혼 다시 축하해!

오늘 우리 딸 너무 예뻤단다.

사람들마다 딸 미인이라고 난리가 아니었다.

아빠 엄청 기분 좋았다.

우리 사위도 잘 생겼다고 칭찬이 많았다.

오늘의 이 기운으로 엄마도 얼른 일어날 것이다.

너희들 신혼여행 다녀오면 엄마에게 가보자.

아마도 훨씬 건강해져 있을 것이다.

이제부터는 시댁과 남편에게 더 많은 관심을 가지거라.

나의 딸,

그동안 너무 고마웠다.

네가 이 아빠의 딸이라는 것이 너무나 고맙단다.

딸, 힘내!!!

아빠와 엄마 있잖아!!!

아버지도 전혀 예상하지 못한
아버지의 인생이었다

지금까지 살면서 이렇게 많은 사람들 앞에 서 보는 것도 처음이고 마이크 앞에서 말을 하는 것도 처음입니다. 딸 덕분에 이런 것도 한 번 해보고 기분이 참 좋습니다.

안녕하십니까? 초등학교 중학교 고등학교 전교 1등만 한 공부 잘하는 천재라고 불렸던 자랑스러운 딸 OOO 아버지 OOO입니다.

서울대를 안 갔습니다. 혼자 있는 아버지 두고 멀리 안 가겠다고 한 효녀입니다. 대학 가서 돈 한 푼 가져가지 않았고 오히려 아버지 생활비와 용돈을 챙겨 준 미안하고 기특한 딸입니다.

이런 딸에게 저는 틈만 날 때마다 얼른 시집가라고 재촉을 하였습니다. 나 때문에 딸의 자유로운 시간을 빼앗고 늘 아버지 걱정에 자신의 미래를 포기할 것 같았습니다. 아버지가 걱정되어 결혼도 주저하는 딸을 더 이상 볼 수 없었습니다.

애비가 자식의 앞길을 환하게 해주지는 못할망정 장애물이 되면 안 되겠다 생각하였습니다. 다행히 학교에서 알게 된 우리 딸만큼 공부도 잘하고 너무나 착한 짝을 만나 이렇게 오늘 결혼을 한다고 하니 이제야 이 아버지의 마음도 한결 가벼워집니다.

딸아, 그동안 정말 고생했다. 네가 공부하는데 참고서 한 권 연필 한 자루 제대로 사주지 못한 것이 늘 마음에 걸렸다. 그 흔한 학원과 과외 공부 한 번 시켜주지 못한 못난 부모를 용서하기 바란다.

엄마의 병원 치료와, 간호하느라 병실 한쪽 구석에서 공부하던 너의 모습이 눈에 선하구나. 그런 너를 그냥 이렇게 보내려고 하니 주체할 수 없는 후회와 돌이킬 수 없는 많은 아쉬움에 너의 얼굴을 똑바로 쳐다볼 용기마저 없단다.

정말 고마웠다, 내 딸아. 오늘부터는 모든 걱정 근심 다 내려놓고 오로지 남편과 시댁의 어른들에게 지금까지 아버지에게 했던 것 더 이상으로 잘 해주었으면 한다. 누구보다 영특하고 부지런하니 어디를 가든 누구에게나 칭찬받고 사랑받으리라 믿는다.

존경하고 자애로우신 사돈 내외분께 감히 한 말씀 올리겠습니다. 비록 애비는 볼품도 없고 가진 것도 없으며 많이 배우지도 못하였지만 우리 딸만큼은 세상 누구보다도 영리하고 올곧은 아이입니다. 혹여라도 조그만 실수를 하고 사돈 내외분의 마음에 들지 않더라도 야단과 질책 대신

따스한 마음으로 잘 안아주시길 못난 애비가 당부드리고 싶습니다.

내 사위 OO아 고맙다. 자네라면 내 마음 놓고 우리 딸을 보낼 수 있을 것 같다. 화장품 하나 제대로 사본 적 없는 아이다. 그 흔한 여행 한 번 가보지 못한 아이다. 먹고 싶은 것, 입고 싶은 것 모든 것을 다 참고 포기하며 여기까지 온 아이다. 이제부터는 지금까지 마음껏 해보지 못한 모든 것들을 자네가 이 애비 대신 좀 해주게, 그것이 나의 첫 번째 소원이다. 우리 딸도 남들 딸처럼 그렇게 살았으면 한다. 충분히 그럴 자격이 있는 아이다.

멋진 신랑이 못난 아버지를 대신해줄 수 있어 얼마나 좋은지 모르겠다. 자네는 우리 딸과 나의 큰 희망이고 보물이다.

이제부터는 우리 딸이 더 이상 아버지 걱정하지 않도록 자네가 옆에서 잘 챙겨주게, 그렇다고 나까지 같이 챙겨달라는 소리는 아니다. 걱정하지 말게. 나는 오늘부터 새로운 시작을 하는 우리 딸을 생각하면 정말 밥 먹지 않아도 배가 부를 지경이다.

혹시라도 장인이 걱정되면 가끔 지나는 길에 한우나 갈비 조금만 사서 오게나, 내가 돼지고기는 수십 년 동안 하도 많이 먹어서 그렇다네. 우리 딸과 함께 온다면 더 좋겠다.

명절 때가 되면 늙은 부모님이 대문 소리에도 반가워하는 그 마음을 나도 이제는 알 것 같다. 그것이 부모의 마음이었다. 그렇다고 자주 오라는 소리는 아니다.

아버지가 네 엄마의 역할까지 해보려고 무던히 노력하였지만 많이 부족했다. 아버지도 전혀 예상하지 못한 아버지의 인생이었다는 것을 이해해주기 바란다. 부디 누구보다 더 잘 살아라. 네 엄마도 오늘은 많이 웃고 울고 있을 것이다. 엄마 보란 듯이 행복하게 살아야 한다.

부부는 일심일체로 살아야 한다. 마음도 하나 몸도 하나다. 서로의 마음을 보듬어주고 서로의 몸이 병들지 않도록 살피고 지켜주는 것이 부부다. 좋은 부부 건강한 부부 행복한 부부가 되기 바란다.

우리 딸의 결혼식에 와 주신 하객 여러분 감사합니다.

내 사위의 결혼식에도 이렇게 많이 와 주신 여러분 너무 고맙습니다.

사돈 내외와 그 친척 친지 여러분 앞으로 우리 딸 잘 부탁드립니다.

감사합니다.

		아	빠	가			

딸,

신혼여행 잘 다녀오너라.

지금부터는 그 어떤 고민과 걱정 다 내려놓고 너의 남자
와 행복한 시간을 지내라,

결혼은 새로운 시작이란다.

시작은 다소 힘들고 어렵지만 이내 너의 익숙한 생활이
될 것이다.

수고 많았다. 컨디션 관리 잘해라.

물 자주 마시고 비타민 꼭 챙겨 먹는 것 알지?

결혼식이 끝나고 아빠가.

연애는 순간접착제이고
결혼은 양면테이프와 같다

어젯밤 군대 생활 이후로 처음으로 화장실에서 몰래 울어보았습니다. 소리가 새어나가지 않도록 우느라 많이 힘들었습니다. 그냥 눈물이 나더군요. 저도 이제 나이가 들었나봅니다. 잘 우는 걸 보니까요.

오늘은 절대로 딸과 사위 앞에서 눈물 보이지 않으려 단단히 마음먹고 온 신부 아버지 OOO입니다.

눈치 빠른 우리 딸이 화장실에서 나오는 저를 보고

아빠, 울었지?

아니, 야 아빠가 왜 우니? 너 시집가서 너무 좋은데 하며 크게 소리 내어 웃었습니다. 사실은 크게 마음으로 울었습니다.

딸 가진 아버지의 마음이 다 이런 것인지, 아니면 유독 저만 유별나게 이런 것인지 저도 잘 모르겠습니다.

암튼 자꾸 슬픈 생각만 나고 그렇습니다. 혹시라도 제가 축사를 하는 도중 잠시 제 목소리가 들리지 않으면 눈에 뭐가 들어가서 그런 것이 아니라 딸을 보내는 아버지가 슬퍼서 우는 것이라 너그럽게 이해해 주십시오.

먼저 사돈 내외분께 인사를 드립니다.

많이 부족하고 여린 제 딸을 훌륭한 가문의 며느리로 허락해 주심에 감사를 드립니다. 잘 가르친다고 하였습니다만 혹여라도 실수를 하고 마음에 들지 않더라도 그것은 제 딸의 잘못이라기보다 제대로 더 잘 가르치지 못한 부모의 잘못이라 여기시고 너그러이 따스한 품으로 안아 주셨으면 합니다.

우리 사위는 제가 어제도 제 친구들에게 자랑을 하였습니다. 정말 제대로 된 사위를 보게 되었다고 딸바보가 아닌 사위 바보가 되었습니다. 공부도 잘하였습니다. 우리 딸이, 아빠 서울대 갈 수 있었는데 부모님과 멀리 떨어지기 싫어서 안 간거야 라고 말했습니다. 맞습니다. 우리 딸도 서울대 갈 수 있었는데 엄마 아빠 걱정된다고 일부러 가지 않았습니다.

좋은 직장에 들어가서 조직에서도 인정받는 훌륭한 인재라고 들었습니다. 우리 딸도 그렇습니다. 좋은 직장에서 아주 실력 있는 능력자라는 소리를 듣는다고 하였습니다.

또한 우리 사위는 그동안 부모님은 물론 조모님에 대한 각별한 효심으로 늘 칭찬받는 인성과 성품이 바른 청년이라고 들었습니다. 이 역시 우리 딸도 마찬가지입니다. 부모와 어른들을 공경할 줄 아는, 예의 바르다는 소리를 달고 살아온 아이입니다.

이런 인연을 우리는 천생연분이라고 합니다. 정말 잘 만난 한 쌍의 커플입니다. 이젠 너희들이 꿈꾸어 온 부부가 되는구나, 부부는 또 다르단다. 부부는 함께 생각하고 함께 행동하며 함께 책임지는 운명 공동체란다.

부부에 너와 내가 없다. 오로지 우리뿐이다. 부부에 남자와 여자는 없다. 오직 부부밖에 없음을 기억하기 바란다.

연애는 순간접착제라고 했다. 한 번 붙으면 떨어지지가 않는다. 하지만 결혼은 양면테이프와 같다.

살다 보면 미처 몰랐던 서로의 생소함들을 하나 둘 발견할 수 있을 것이다. 때로는 아주 특이한 습관이나 버릇에 놀라기도 할 것이다. 사람은 어차피 양면의 모습을 가지고 산다. 다만 언제 어디서 누구에게만 감추고 보여주지 않았을 뿐이다. 이래도 내 사람 저래도 내 사람, 이제는 어쩔 수 없는 것이 아니라 운명이 아닌 필연으로 받아들여야 한다.

이쪽은 괜찮은데 저쪽이 마음에 들지 않을 수가 있다. 마음에 들지 않는 한 쪽도 마음에 들 수 있도록 나 혼자가 아닌 서로가 대화를 통해 해결해야 한다. 그것이 지혜롭고 현명한 부부다.

세상의 모든 부부는 처음부터 부부가 아니었다. 남남으로 만나 평생을 함께 한다는 것이 그렇게 간단하고 쉽지는 않다. 어렵고 힘듦 앞에서 다른 부부와 다르게 어떻게 대처하고 극복하느냐가 행복한 부부 단란한 가정의 차이란다. 너희들은 누구보다 잘 하리라 믿는다.

너희가 신혼여행을 떠나고 나면 아마도 아빠는 며칠 울적하게 보낼 수 있겠지만 이내 곧 잘사는 너희들 소식에 웃음꽃이 피어날 것이다.

다시 한번 말하지만 결혼과 부부는 양면 테이프와 같다. 결혼은 행복의 시작과 불행의 시작이 될 수도 있다. 부부는 천사와의 동거와 악마와의 동거도 될 수가 있다. 당연히 너희들은 행복의 시작으로 천사와의 평생 동거이다.

부디 잘 살아라, 내 딸 내 사위야!

양가 부모님과 모든 가족들이 너희들을 응원할 것이다.

감사합니다.

너무나 일찍 철이 들어버린 큰딸이었습니다

오늘 이 자리에 서 보니 제가 우리 딸의 아버지라는 것이 이렇게 자랑스러울 수가 없습니다. 삼 남매의 맏이로서 늘 희생하고 헌신하며 살아온 딸의 인생을 그 누구보다 잘 아는 아버지는 오늘 딸을 이렇게 보내는 것이 너무나 가슴 아프고 미안할 따름입니다. 과연 이렇게 그냥 보내야 하는가 하는 두려움마저 떨쳐버릴 수가 없습니다.

뭐 하나 애비가 되어 제대로 해 준 것도 없는데 너를 정녕 이대로 보내야만 하는 것인지 아버지는 그저 눈물만 흐르는구나. 헤어지고 이별하는 것은 피할 수 없고 거부할 수 없는 사람의 삶이라지만 막상 내가 내 딸과 이런 헤어짐과 이별을 하려 하니 생각보다 쉽지 않구나. 참 힘들구나.

딸아 정말 미안하다. 딸아 너무 고맙다. 딸아 사랑한다. 너를 보내는 오늘에서야 이 애비는 그동안 가슴에만 꾹꾹 묻어두었던 말들을 꺼내는 구나. 좀 더 일찍, 자주 하였으면 하는 못난 후회만 밀려오는구나. 표현에 서툰 아버지의 무뚝뚝함을 이해해다오. 그저 아버지답게만 살려고 한 나를 이해해다오.

안녕하십니까?

잘난 딸의 못난 아버지 OOO입니다.

사돈 내외분 안녕하십니까? 정말 감사합니다.

하객 여러분 안녕하십니까? 너무 고맙습니다.

2남 1녀 삼 남매의 맏이로서 늘 엄마 역할 아버지 노릇까지 하며 제 동생들을 보살피고 부모의 아픈 마음을 보듬어주던 딸이었습니다. 장사하는 제 엄마 대신 밤늦도록 동생들 밥 먹이고 치우고 청소하느라 꽃다운 나이 때부터 고생을 달고 살아온 아이입니다.

부모 걱정할까 싶어 몸이 아파도 내색조차 하지 않았던 너무나 일찍 철이 들어버린 큰딸이었습니다. 좀 더 여유 있고 좋은 부모를 만났더라면 정말 나라의 인재가 될 수도 있었는데, 부모가 되어 늘 너의 신세를 지고 말았구나.

정말 다행이다. 네가 이렇게 천상의 짝을 만나 결혼을 한다고 하니 아버지는 너무 좋았다. 이제야 너만의 인생, 너다운 삶의 시간을 가질 수 있겠구나 생각하니 딸과의 이별보다는 너의 찬란한 새로운 인생의 시작에 박수를 보낸다.

이젠 더 이상 부모와 동생들 걱정 다 내려놓고 너만의 길을 씩씩하게 가거라, 너는 충분히 그렇게 할 자격이 있단다. 이제부터는 정말 꽃길만 걸어가길 이 아버지는 빌고 또 빈다.

사위 역시 장남이라 누구보다 장녀로 살아온 너의 힘듦과 고충을 잘 이해하리라 생각한다. 이제 너희 둘은 부부다. 세상에 부모와 자식만큼이나 의지할 수 있고 든든한 관계가 부부다. 부모는 한시도 가슴에서 자식을 내려놓을 수 없듯이 부부 역시도 그렇다. 언제 어디서 어떤 상황에서도 남편의 가슴과 머리에서는 아내를 내려놓을 수 없고, 아내 또한 남편을 내려놓을 수 없다. 그렇게 하겠다고 너희들은 방금 이 자리에서 많은 사람들에게 다짐과 맹세를 하였다. 어떠한 약속도 그것을 지키고 실천할 때 빛이 나고 아름다움으로 피어난다. 어리석은 사람은 부모에게는 잘하는데 제 아내에게는 대충하는 사람이다. 똑똑한 사람은 부모에게 잘하고 제 아내에게도 잘 하는 사람이다. 현명한 사람은 부모와 장인 장모에게 잘하고 제 아내와 처가 식구들까지도 잘 챙기는 사람이다.

멍청한 사람은 제 아내에게는 잘하는데 자기 부모에게 못하는 사람이고 고약한 사람은 부모와 아내에게 다 잘하지 못하는 사람이다.

내가 듣기로는 우리 사위가 매우 현명한 사람이라고 들었다. 우리 딸 역시도 아주 현명한 사람이니 이보다 더 좋을 수가 없구나.

부모에게 잘하는 것 이상으로 서로가 서로에게 잘하거라. 그래야 부부가 원만하고 가정이 화목해진다.

어젯밤 네가 잠시 외출한 사이 거실에 있는 앨범을 보았는데 지금까지 너와 찍은 사진이 거의 없더구나, 심지어 중학교 졸업식 때는 엄마가 없었고 고등학교 졸업 사진 속에서는 아버지인 내가 보이지 않았다. 먹고 산다는 핑계와 변명으로 한 번뿐인 너의 졸업식에도 가지 못한 엄마와 아빠를 부디 용서하거라. 아빠는 한참 동안 후회의 눈물을 흘렸다.

내 딸 00아, 너는 누구보다 더 행복하게 살아야 한다.

너는 누구보다 더 재미있게 살아야 한다.

그동안 너는 행복하지도 재미있게도 살지 못했다.

마음껏 너의 세상을 펼쳐나가거라. 사위 00아 우리 딸 잘 부탁한다.

때로는 자네가 우리 딸의 아버지 같은 넓은 가슴으로 꼭 안아주었으면
한다.

내가 다 하지 못한 것을 자네에게 믿고 맡긴다. 잘 해주게.

사돈 내외분과 하객 여러분 너무너무 고맙고 감사합니다.

우리 아이들 잘 부탁드립니다. 감사합니다.

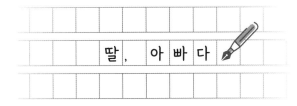

딸, 아빠다

우리 집 장녀!

역시 너답다. 큰딸!

오늘 정말 아름답고 멋있었다.

역시 이 아빠의 맏이다웠다.

이런 딸을 보내려니 아직도 약간 미련이 남네!!

아깝다는 생각이.....

큰딸아!

그동안 정말 고마웠다.

아빠는 정말 너에게 미안하단다.
너무 많은 책임과 희생을 강요하지 않았는지 ..
큰딸, 이제부터는 너와 너만의 삶을 당당히 살아가거라.
너의 새로운 삶을 아빠는 응원하고 또 응원할게!!
고마운 우리 큰딸,
많이 사랑한다.
우리 가족 모두가!!

아버지는 그저 아버지의 역할에
좀 더 충실하고 싶었다

우리 딸이 이렇게까지 아름다운 줄 여태까지도 몰랐던 무심한 아버지 000입니다. 내 딸이지만 참 예쁘네요. 이런 딸을 누군가에게 보낸다는 것이 쉽지도 않다는 것을 오늘 이 자리에서 깨닫게 되었습니다.

이렇게 아버지를 떠나갈 것을 뻔히 알면서도 딸 아이 이름 한 번 더 불러주지 못한 것, 제 엄마 몰래 불러내 맛있는 음식 한 번 더 사주지 못한 것이 이렇게 큰 후회가 될 줄 몰랐습니다. 그저 언제까지 내 옆에 있겠지 안이하게 생각한 이 애비의 무심함입니다. 딸아, 미안하다. 아빠는 늘 이렇게 너에게 미안함이 많구나. 아마도 오늘 네가 떠나고 나면 아빠는 너를 더 챙겨주지 못한 아쉬움과 안타까움에 한동안 멍하니 하늘을 보며 긴 한숨만 담배 연기처럼 뿜어대겠구나. 좀 더 자상하고 살뜰하게 챙기지 못한 아빠를 이해해주기 바란다. 그저 가장으로서 돈 벌기에 급급했다는 궁색하고 부끄러운 변명을 해본다. 아버지는 그저 아버지의 역할에 좀 더 충실하고 싶었다는 것을 딸이 이해해주었으면 한다.

네가 결혼한다고 하였을 때 아빠는 야, 드디어 우리 딸에게도 좋은 사람이 생겼구나하는 안도감과, 이젠 우리 가족과 우리 집을 떠나겠네 라는 생각에 기쁨과 슬픔이 반반인 하루하루를 보냈다. 과연 어떤 사람일까? 우리 딸과 잘 어울릴 남자일까? 마음고생 시킬 사람은 아니겠지? 가족들 굶기지 않을 정도로 능력이 있는 사람일까? 성격은 모나지 않아 처가댁 사람들과도 잘 어울릴 수 있을까? 아빠는 혼자서 질문을 하고 혼자서 답도 하며 불면의 밤들을 보냈다.

그러나 상견례 자리에서 아빠의 질문에 대한 모든 정답을 다 확인할 수 있었다. 절대로 식구들 밥은 굶기지 않을 정도로 능력 있는 남자였다. 둥글둥글한 성격과 올곧은 품성은 우리 집 식구들과 허물없이 지낼 수 있겠다는 확신을 가졌다.

생긴 것도 사돈 내외분을 쏙 빼닮아서인지 마치 영화배우인지 착각할 정도로 잘 생겨 우리 딸과 너무 잘 어울리는 한 쌍이었다. 지금까지 나만큼이나 잘 생긴 남자는 우리 사위가 처음이다.

잘 키워주신 사돈 내외분께 감사를 드립니다.

이제야 심장의 호흡이 조금씩 정상을 되찾는 것 같습니다. 하객 여러분들의 얼굴도 보이기 시작합니다. 지금까지 늘 아래에서 허리 숙여 일만 하다 보니 이렇게 높은 단상에 서 본 경험이 없습니다. 그래서 엄청 긴장하였습니다. 묵묵히 일만 하였고 누군가의 지시와 간섭을 받으며 살아온 것이 몸에 밴 탓인지 여전히 이 자리가 힘듭니다. 그러나 시집가는 딸을 위해서라면 무언들 못하겠습니까, 명색이 제가 우리 딸의 아버지인데요. 무엇인들 하지 못하겠습니까? 딸을 위하는 것이라면, 그것이 아버지의 용기이고 고집이라고 생각합니다. 세상의 모든 아버지들답게 살고자 노력하였습니다.

이제 부부가 된 두 사람 이 아버지가 진심으로 축하한다. 엄마 아빠보다 더 잘 살고 더 행복하게 살아다오, 아버지의 소원은 오로지 그것 하나뿐이다.

이제 서로가 사는 집은 달라도 밤이든 낮이든 새벽이라도 좋다. 언제든 아버지는 너희들을 위한 일이라면 무조건 달려갈 것이다.

아버지는 여전히 우리 딸의 아버지다. 그리고 더 오랫동안 너의 아버지로 함께하고 싶고 세상에 머물러 있고 싶구나. 많이 부족하고 모자라기에 더 아버지이고 싶단다. 더 아버지 노릇을 해보고 싶단다. 시집갔으니, 출가외인이니 이런 생각 말고 아버지를 불러다오, 아버지는 아직도 너희들의 슈퍼맨이고 싶단다.

사랑하는 내 딸과 믿음직한 내 사위야,

결혼은 새로운 가족의 탄생이다. 부부는 또 다른 가정과 가족의 시작이다.

세상에서 가장 멋진 남자는 내 여자만을 위해 사는 남자다.

세상에서 가장 멋진 남편은 아내만을 위한 남자다.

부부가 서로에게 충실하고 서로를 위해 진심을 다 한다면 그것이 양가 부모님에 대한 최고의 효도라고 생각한다.

결혼에는 유효기간이 없다. 결혼은 약정된 계약 기간도 없다. 나의 마지막까지도 나의 손을 잡아줄 수 있도록 부부는 끝까지 함께여야 한다.

결혼에는 졸업이 없다. 누군가의 결석만 있을 뿐이다. 언젠가는 너희들의 누군가가 그 자리를 메워 줄 것이다. 그것이 인생이다.

양가의 모든 가족들이 너희들을 응원할 것이다.

감사합니다.

시집간 딸에게

이제 이 아빠도 설날과 추석을 애타게 기다리며 살겠구나,
시집을 갔으니 친정집으로 찾아 올
딸을 기다리는 즐거움으로 살아가겠지.
아버지는 평생 기다림에 익숙하니 걱정 말아라,
세상에 이보다 더 행복한 기다림이 어디 있겠니?
그 날을 기다리며 아빠는 건강하게 너를 기다리마!!
딸, 정말 잘 살아야한다!

벌써 딸이 보고싶어지는 아빠가!

아버지의 마음

결혼이란 내가 아닌
다음 세대를 위한 인생의 설계도이다

안녕하십니까? 사돈 내외분 그리고 일가 친척 여러분

반갑습니다! 여러 하객 여러분

고맙습니다, 오늘 이 결혼식을 도와주시는 많은 관계자분들

저는 세상에서 하나뿐인 신부의 아버지 OOO입니다.

오늘은 지구상에서 오로지 단 한 명뿐인 귀하고 소중하고 보물 같은 내 딸을 시집보내는 날입니다.

벌써 눈물이 나려고 하네요. 아내가 준비한 우황청심환을 먹고 올 걸 하는 후회가 생깁니다. 이래서 아내 말을 잘 들어야 된다고 하는 것 같습니다.

어젯밤 축사 연습한다고 가족들 몰래 화장실에서 연습도 하고 했는데 역시 실전은 분명 연습과 다른 것 같습니다.

우리 딸이 결혼식 날 절대로 엄마 아빠와 눈 마주치지 않을 거라고 했습니다. 딸도 부모님 생각에 눈물이 날 것 같다고 했습니다. 그 말의 의미를 이제야 저도 알 것 같습니다. 저도 자꾸만 가슴에서 슬픈 감정이 큰 파도를 일으키며 몸 밖으로 나오려고 합니다. 딸아, 아빠도 진짜 슬프고 가슴이 먹먹하다.

딸이 저 멀리 외국으로 가는 것도 아니고 이민 가는 것도 아닌데 왜 이리 가슴이 미어지는지 모르겠습니다. 그것은 아마도 아버지로서 딸에게 더 잘해주지 못한 미안함과 아쉬움이 커서 그런 것 같습니다. 딸, 미안해, 아빠는 정말 너에게 잘해주려고 했는데 아빠의 능력은 여기까지인 것 같구나, 열심히 일하고 가족들과 즐겁고 행복하게 살려고 노력한 아빠의 마음을 알아주었으면 한다. 내 딸이니까. 이렇게 시집을 간다고 하니 아빠는 너에게 정말 좋은 아버지로 기억되고 싶다는 욕심도 생기는구나.

내가 처음 사위를 보았을 때 반가우면서도 약간의 질투심도 생겼단다. 우리 딸을 데려갈 만 한 능력이 있는 남자라는 반가움과, 왜 나보다 더 키도 크고 잘 생긴 거야 하는 질투심도 있었단다. 여기에 상견례에서 뵌 사돈 내외분의 인품에 나는 완전히 기가 꺾이고 말았다.

이런 집안의 어른들과 이런 남자라면 기꺼이 우리 딸을 시집보내도 되겠다는 안도감에 얼굴에는 미소가 떠나지 않았습니다.

사돈 내외분, 정말 감사합니다. 많이 부족하지만 그래도 어느 누구보다도 영리하고 지혜로우며 여자로서 곱고 단아한 저의 딸을 며느리로 받아주시고 인정해주심에 감사를 드립니다.

상견례 후 사돈 내외분은 물론 친척분들까지도 저의 딸을 칭찬해주셨다는 말씀을 듣고 너무 기분이 좋았습니다. 이제 부모로서 큰 역할 한 가지를 제대로 했구나 하는 마음에 기분 좋게 두 다리 쭉 뻗고 잠을 잤습니다. 다시 한번 감사를 드립니다.

신랑 신부는 이제 누구와 누구가 아닌 우리라는 부부가 되었다. 부부는 인생과 운명 그리고 경제와 문화 등 살아있는 동안 세상 모든 것의 공동체이다. 결코 너와 내가 따로 분리될 수 없는 공동체의 삶을 살아야 한다.

인생에서 결혼이란 내가 아닌 다음 세대를 위한 인생의 설계도다. 가족과 가정이라는 새로운 건축물을 세우기 위한 설계도가 결혼이다, 어떻게 살 것인가? 아이는 몇 명을 어떻게 키울 것인가? 우리 집은 어디에 언제 어떻게 꾸밀 것인가? 부모님을 공경하고 친척 이웃들과는 어떻게 어우러져 살아갈 것인가에 대한 미래의 삶에 대한 설계를 하는 것이 결혼이다.

이제 너희들은 서로의 지혜와 지략으로 그 누구보다 멋지고 안락한 인생을 살아가기 위한 최고의 설계자가 되어야 한다. 사상누각이 아닌 튼튼하고 안전하며 아름답기까지 한 너희와 다음 세대를 위한 삶의 설계도를 그려 보거라.

좋은 결혼은 좋은 설계도를 가지고 있다는 것이고 좋은 부부는 그 설계도를 바탕으로 하나 하나 삶을 완성해 나가는 인생의 숙련공이 되어주기 바란다.

이제 끝으로 이 결혼식을 위해 수고해주신 사돈 내외분과 그 친척, 오늘 오신 하객 여러분들께 진심으로 감사를 드립니다.

우리 사위에게 좋은 장인 장모가 되겠습니다. 부디 저의 딸에게도 좋은 시어머니 시아버지가 되어주시길 감히 부탁드려봅니다. 아버지의 욕심이라 너그러이 이해해 주십시오.

감사합니다.

	나	의		딸	에	게

딸, 아빠다.

그냥 보내려니 미련이 조금 남았기에 급하게 간단히 몇 자 적었다.

아빠가 늘 너에게 하는 말 있지?

건강하게 즐겁게 당당하게

행복하게 살자!!

결혼하였어도 우리 딸 그렇게 살아라!

제대로 한 번 잘 살아보거라!!

보란듯이!!!!

두 사람의 마음으로 이 세상 최고로 행복한 부부로 살아가면 된다

너무나 예쁜 두 딸과 진짜 잘생긴 아들을 둔 것만으로도 고마운데 오늘 이렇게 듬직하고 인성도 좋으면서 잘 생기기까지 한 사위를 맞이하다 보니 세상에 저만큼 복 많고 행복한 아버지는 없을 것 같다는 생각이 듭니다.

저는 신부 000의 아버지 000 입니다.

한 해의 마지막 달인 12월의 주말임에도 불구하고 저희 자녀들 혼사에 이렇게 직접 발걸음을 해주신 양가 친척분들과 하객님들에게 고개 숙여 감사의 인사를 드립니다. 내가 살아있는 한 오지 않는 그날은 없다고 하였습니다. 그날은 반드시 왔습니다. 어김없이. 저에게 오늘은 지금까지의 수많았던 그날들보다 더 기쁘고 감사하며 조금은 슬프기도 한 아주 특별한 날로 영원히 기억될 것 같습니다.

오늘 저희들 가족에게 이토록 멋지고 좋은 아들을 새로운 가족으로 보내주신 사돈 내외분들께 고개 숙여 감사를 드립니다. 사위를 통해 최고의 귀한 인연을 맺을 수 있어 세상에 부러울 것이 없는 것 같습니다.

또한 이 땅의 맏며느리로 살아오면서 세 아이의 어머니로 헌신하며 이만큼이나 예쁘고 반듯한 딸로 키워 준 제 아내에게도 마음에서 우러나는 고마움을 전하고 싶습니다. 여보, 감사합니다. 고맙습니다.

저는 오늘 부부가 되는 신랑 신부에게 그저 제가 세상을 좀 더 살았고 부모라는 이유만으로 앞으로 이렇게 살아라 저렇게 하거라 와 같은 말들은 하지 않으려 합니다. 세상은 달라질지라도 영원히 달라지지 않을 두 사람의 마음으로 이 세상 최고로 행복한 부부로 살아가면 되는 것입니다. 두 사람도 이젠 어른이기 때문입니다.

사위 000은 이미 인자하신 조모님과 훌륭한 부모님, 자애로운 가족들로부터 사랑을 받으며 성장하여 나무랄 데 없는 청년이 되었습니다. 이제 한 가정의 남편이 되고 아버지가 되더라도 누구보다 더 좋은 가장이 될 것이라고 확신합니다.

제가 오래전부터 딸에게 미래의 사위가 될 사람의 조건 몇 가지를 이야기 한 것이 있었습니다.

첫째는 아버지처럼 술과 담배를 하지 않았으면 좋겠다.

둘째, 아빠가 부산에서 태어나 경기도 연천까지 가서 군 생활을 하였으니 최소한 그 이상의 곳에서 군대생활을 하였으면 좋겠고

셋째, 아빠가 운동을 좋아하고 특히 농구를 가장 좋아하니 이왕이면 농구를 잘하면 좋겠다.

우리 사위 00는

기호식품인 술과 담배를 하지 않으며 군대는 강원도 홍천에서 하였고, 농구를 거의 매일 하는, 제가 제시한 이 세 가지를 다 만족한 대한민국에서 단 하나뿐인 100점 만점에 100점의 사위입니다.

우리 딸 00는 세상에서 가장 알뜰하고 살뜰한 제 어머니로부터 제대로 가정교육을 받았고 이렇게 믿음직한 남편을 만났으니 감히 정씨 가문의 훌륭한 며느리가 될 것이라고 믿어 의심치 않습니다. 아버지는 그저 옆에서 지켜만 보았습니다. 이제는 언제 어디서든 너 혼자가 아닌 너희 부부를 열렬히 응원하겠다.

누구나 세 아이의 어머니는 될 수 있어도 누구도 제 아내만큼 훌륭히 세 아이를 키우기는 쉽지 않다고 감히 말씀드리고 싶습니다. 이렇듯 신랑 신부는 훌륭하고 자애로운 양가 부모님들로부터 보고 배운 것들을 바탕으로 이 세상에서 가장 아름답고 모범적인 부부가 되어 가장 000답고 가장 000다운 멋진 인생을 살아가길 소망하며 인사의 끝을 맺을까 합니다.

감사합니다.

딸, 잘 살아라

결혼 끝
결혼생활 시작
걱정 끝
기쁨 시작
고생 끝
행복 시작
이 모든 것들은 모두 다 너희들의 몫이다.
잘 살아라!!

영원한 네 아빠가

세상이 아무리 변해도 사람으로서
마땅히 지키고 실천해야 할

안녕하십니까? 중학교에서 한문을 가르친 신부 OOO의 아버지 OOO입니다.

오늘 딸아이의 축사 제의를 받자마자 제 아내와 가족들의 첫 마디가 절대로 한문 수업 형태로 하면 안 된다는 강력한 경고와 협박을 받아야 했습니다.

하지만 제가 남들보다 조금 잘 하는 것이 한문이라 가족들과 딸의 위협에도 불구하고 오늘 결혼하는 신랑 신부에게 삶의 비타민이요 보약 같은 말씀을 드리고자 합니다. 질문은 일체 없으니 긴장하지 않으셔도 됩니다.

다소 지루하고 이게 뭐지 라는 기분이 들더라도 너그럽게 이해해 주시기 바랍니다. 대신에 수업은 일찍 끝마치도록 하겠습니다. 필기할 필요는 없습니다. 시험도 없으니 마음 편하게 들으시면 됩니다.

오늘 저는 이 부부를 위한 신삼강오륜, 즉 부부삼강과 부부오륜을 만들어 왔습니다.

오늘 세상에 최초로 공개되는 것입니다.

먼저 부부삼강입니다.

삼강은 군위신강(君爲臣綱) · 부위자강(父爲子綱) · 부위부강(夫爲婦綱)을 말하며 이것은 글자 그대로 임금과 신하, 어버이와 자식, 남편과 아내 사이에 마땅히 지켜야 할 도리이다.

부부삼강이란,

시위처강(媤爲妻綱) 시가와 처가 사이에 마땅히 지켜야 할 도리

부위자강(父爲子綱) 부모와 자식, 부위부강(夫爲婦綱) 아내와 남편을 말한다.

부부오륜이란,

오륜은 오상(五常) 또는 오전(五典)이라고도 한다. 이는 《맹자(孟子)》에 나오는 부자유친(父子有親) · 군신유의(君臣有義) · 부부유별(夫婦有別) · 장유유서(長幼有序) · 붕우유신(朋友有信)의 5가지로, 아버지와 아들 사이의 도(道)는 친애(親愛)에 있으며, 임금과 신하의 도리는 의리에 있고, 부부 사이에는 서로 침범치 못할 인륜(人倫)의 구별이 있으며, 어른과 어린이 사이에는 차례와 질서가 있어야 하며, 벗의 도리는 믿음에 있음을 뜻한다.

부부유친 부부 사이에는 친애가 있고
부부유의 부부 사이에도 의리가 있어야 하며
부부유동 부부 사이에는 차별이 없이 동등하며
부부유신 부부 사이에는 항상 믿음이 있으니
부부유애 부부 사이에는 항상 사랑만이 있다
제가 만들었지만 참 좋은 것 같습니다. 그렇지 않습니까?
온고이지신이라 하였습니다.
지난 것을 알고 새것을 안다라는 뜻입니다.

사위 000는 훌륭한 가문에서 사돈내외분의 지극정성으로 이처럼 훌륭한 인재가 되었습니다. 사돈내외분께 충심으로 감사를 올립니다.

자식을 보면 그 부모를 알 수 있다고 했습니다. 우리 사위를 처음 보고 느낀 것이 바로 훌륭한 부모님의 인품을 짐작할 수 있었습니다.

세상이 아무리 변해도 사람으로서 부부로서 자식으로서 마땅히 지키고 실천해야 할 인간다움은 결코 변할 수 없습니다.

저의 딸 역시 저와 제 어머니로부터 충실히 가정교육을 받았지만 이제부터는 시댁에서 더욱 더 사랑받는 며느리가 되기 위해 많은 노력과 정성이 필요함을 잊지 말기 바란다. 네 어머니의 살아온 삶을 조용히 되돌아보면 아내와 며느리로서의 삶의 방향과 길이 보일 것이다. 오늘 이 자리에서 이토록 딸을 잘 키워 준 제 아내에게도 고마움을 듬뿍 드리고 싶습니다.

오늘 이 시간부터는 너희들의 세상을 너희들 스스로가 가꾸고 만들어야 한다. 그만큼 책임감과 사명감도 커질 것이다. 잘 하리라 믿는다. 부모는 언제나 너희들 편이니 언제든 찾아오고 연락하거라.

끝으로 오늘 이 자리를 더욱 더 빛내주신 양가 친척 하객분들에게 머리 숙여 감사의 인사를 드립니다. 이상으로 오늘 수업을 마치겠습니다.

감사합니다.

나 의 　 딸 에 게

딸과 사위는 명심하여라.

상식과 기본을 지키며 살도록 해라.

세상이 변해도 아내와 남편 부모와 지식은 변하지 않는다.

부디 세상 최고의 모범 부부가 되어라!!

남편은 때론 아내가 되어야 하고
아내 역시 남편이 되어야 할 때가

오늘 아침 우황청심환을 두 알 반 먹고 온 신부 아버지 OOO입니다.

어젯밤은 정말 잠을 제대로 잘 수가 없었습니다.

아빠, 안녕히 주무세요. 엄마 생각해서 코 조금만 골고 이불 꼭 덮고 주무세요. 딸아이로부터 매일 저녁 듣게 되는 이 잔소리가 오늘 밤부터는 많이 그리울 것 같습니다. 그때는 잔소리였는데 이제는 그 소리마저 그리워질 것 같습니다. 사람의 마음이 이래서 간사한가 봅니다.

지 애비와 에미를 너무나도 살뜰하게 챙기는 큰딸이 막상 좋은 인연을 만나 결혼을 한다고 하니, 나이 들어 제 짝도 못 찾을까 한 아비의 걱정 하나는 들어주었지만, 이렇게 딸을 보낸다고 생각하니 섭섭하기도 슬프기도 합니다. 그리고 시댁에 가서 칭찬받고 사랑받는 며느리가 될 수 있을까 하는 새로운 아버지의 걱정도 시작될 것 같습니다. 그래서인지 요즘 참으로 많은 감정들이 저의 가슴과 머릿속을 제 마음대로 돌아다니고 있습니다. 내 마음 나도 모르겠습니다. 이게 기쁨인지 슬픔인지요. 딸을 시집보내는 아버지는 원래 이런 것인지요. 저도 처음이라....

어차피 평생을 같이 살 수는 없기에 늘 마음의 준비를 하며 살아왔지만 이제부터는 한 집에서 내 딸을 내가 직접 볼 수 없다는 생각만으로도 가슴이 먹먹합니다.

제대로 공부시키고 마음껏 뒷바라지도 해주지 못했지만 누구보다 반듯하고 올곧게 잘 자라준 딸이 아비는 그저 고마울 따름입니다. 저희는 잘 키웠다고 생각하는데 과연 시댁에 들어가 그곳의 어른들께도 이쁨을 받고 귀여움을 받으며 잘 살 수 있으려나 노심초사하고 있습니다. 부모는 자식을 낳으면 자식들 걱정하는 힘으로 산다고 하지만 이번 걱정은 더 크고 깊은 걱정거리가 될 듯합니다. 잘해야 할 텐데, 혼자서 울지는 않을는지......

사돈 내외분께 감히 이런 말씀을 드리고 싶습니다.

혹여나 제 아이가 실수를 하고 잘못을 하였다면 그것은 애비와 에미의 부덕함이라고 너그러이 용서하고 이해해 주시기를 간청드립니다. 지금까지 온전히 저의 딸로만 살아왔기에 아직은 아내와 며느리라는 역할에 많이 부족하고 미흡하리라 사료됩니다. 친정아버지와 친정어머니같은 마음으로 잘 어루만져 주시길 염치없이 부탁드립니다. 누구나 다 처음은 낯설고 어렵습니다. 큰마음과 아량으로 이해해 주실 것을 당부드려봅니다.

딸을 시집보내는 아버지는 모든 것 하나하나가 불안하고 걱정이 됩니다. 결혼은 살아가는 방식과 환경이 다른 가정과 가족들과의 만남이다. 서로 다름을 인정하고 새로운 방식과 환경에도 하루빨리 적응하고 받아들이길 바란다.

결혼은 신랑과 신부가 하지만 부부가 되는 순간 모든 것이 하나가 되어야 한다. 신랑과 신부라는 역할은 오늘 지금 이 시간뿐이다. 남편은 때론 아내가 되어야 하고 아내 역시 남편이 되어야 할 때가 분명 있을 것이다. 옛말에 부부유별이라고 하였지만 지금은 아니다. 부부는 언제까지나 동등하고 차별을 두어서는 안 될 것이다.

내 사위를 볼 때마다 나는 마음이 든든해진다. 그 누구보다 내 딸을 사랑해주고 지켜주며 존중해줄 것이라는 확신을 가졌기 때문이다. 사위의 이같은 인품과 성품은 이처럼 훌륭히 자녀를 양육하고 가르쳐주신 사돈 내외분들의 자애로움과 높은 인품 때문이라고 생각하였습니다. 이토록 잘 키운 아들을 저의 가정의 새로운 가족으로 맞이할 수 있도록 허락해주신 사돈 내외분께 다시 한번 감사를 드립니다.

결혼은 서로 다른 남자와 여자만의 관계가 아닌 한 가정과 가정이 새로운 가정으로 다시 출발하는 귀한 기회이자 소중한 인연이라고 생각합니다.

많이 부족한 딸을 보내 송구스럽습니다만 시댁의 식구가 되어 제 딸아이가 더욱 더 성숙하고 발전하여 시댁과 시댁의 가족들과 잘 아울려 가정이 번창하였으면 하는 소박한 꿈을 가지고 늘 기도하겠습니다.

비록 저는 오늘 밤부터 수십 년 동안 들어온 딸아이의 목소리를 들으며 잠들 수는 없지만 제 딸을 누구보다 사랑하고 보살펴 줄 사위와 사돈 내외를 생각하면 편한 잠을 잘 잘 수 있을 것 같습니다.

내 딸 000아, 부디 이 시간 이후부터는 너의 부모님은 시댁의 어른들이다. 아버지와 어머니는 이제 친정아버지와 어머니라는 것을 항시도 잊지 말고 모든 일에 신중하고 소홀하지 않도록 하여라, 그것이 네가 언제나 보고 싶고 그리워 할 친정아버지 어머니를 위하는 것임도 명심하거라.

내 사위 000아, 내 딸 000 잘 부탁한다. 너를 믿는다. 결혼하였지만 지금까지 키워주신 부모님에 대한 공경과 효도도 소홀하지 않았으면 한다.

끝으로 이 결혼식장을 가득 메워주신 하객 여러분들에게 감사를 드리며 저희들이 준비한 음식 맛있게 드시고 귀댁의 가정에 늘 만복이 충만하시길 소망합니다.

감사합니다.

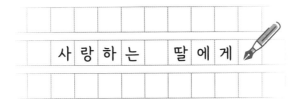

사 랑 하 는　딸 에 게

열심히 살아라

착하게 살아라

서로 믿고 살아라

서로 도우며 살아라

서로 이해하며 살아라

분명 잘살 것이다

분명 행복할 것이다

아빠가 보장한다!!!

우리 딸 우리 사위 사랑한다!!

아버지는 아버지만의 새로운 걱정들이 참 많아졌습니다

신부 00의 아버지이자 사위 00의 장인 000입니다

드디어 오늘 우리 집 막내딸마저 시집을 갑니다. 1남 2녀의 세 아이 모두 저희 부부 곁을 떠나게 되었습니다. 시원섭섭합니다. 솔직히 말씀드리면 시원보다는 섭섭이 훨씬 더 많은 것 같습니다.

막내다 보니 좋은 결혼식 날임에도 불구하고 아버지의 마음은 그리 편치 않은 것 같습니다. 저희 집에서는 막내답게 어리광도 부리고 장난도 치며 살았지만 이제부터는 늘 긴장하고 예의 바르며 공손하게 생활해야 되는데 과연 잘할 수 있을까 걱정이 이만저만 아닙니다. 우리에게서는 막내였지만 이제부터는 한 가정의 며느리가 되어야하니 아버지의 걱정이 이만저만 아닙니다. 어느덧 몸에 배인 습관과 버릇들로 인해 시댁과 어른들에게 꾸중을 듣지는 않을까 걱정이 됩니다.

혹시라도 시댁의 어른이나 크고 작은 집안 행사에 실수를 하고 잘못은 하지 않을까 아버지는 아버지만의 새로운 걱정들이 참 많아졌습니다. 이럴 줄 알았으면 좀 더 엄하고 제대로 교육을 시킬 걸 하는 때늦은 후회도 해봅니다.

오늘 이 자리에서 사돈 내외분께 정중하게 부탁의 말씀을 올리려고 합니다.

혹여라도 제 딸의 부족함이 보이고 마음에 들지 않더라도 아이를 나무라지 마시고 제대로 가르쳐 보내지 못한 저희 부부를 원망해 주셨으면 합니다.

딸을 가진 아버지의 부덕함이라 여겨주십시오. 몇 번이고 잘하라고 당부와 다짐을 받았습니다만 저도 그렇고 제 딸도 이 모든 환경과 현실이 처음이라 더 긴장하고 힘들 수 있음을 헤아려 주시길 간청드립니다. 누구나 아내와 어머니 그리고 며느리는 다 처음이기에 너그러운 아량을 베풀어주시길 간청드려봅니다.

내 딸 00아

너는 이제부터 우리 집의 식구가 아닌 심씨 가문의 식구가 되었다. 친정의 부모 형제는 그저 밤하늘의 달이나 별을 보며 그리워하고 항상 언제 어디서든 시댁과 시어른들을 최우선으로 생각하고 최고의 공경하는 마음으로 정성껏 모셔야 한다. 그것이 너를 지금까지 키워 준 친정 부모에 대한 가장 큰 효도라는 것을 명심하거라. 세월이 변해도 변할 수 없고 변하지 않는 것이 있다. 그것이 바로 어른에 대한 공경이다. 사위도 명심하기 바란다. 그렇다고 우리에게 그렇게 하라는 것은 아니다. 자네는 누가 말하지 않아도 눈치가 빨라 누구보다 잘할 것이라 믿는다.

오늘 저는 우리 사위에 대해 자랑을 좀 하려고 합니다.

2남 1녀 삼 남매의 장남으로 참으로 듬직하고 성품도 참 좋습니다. 공부도 잘하여 대학도 한 번 만에 들어가서 한 번 만에 졸업하여 취직도 한 번 만에 성공한 능력 있는 남자입니다. 인물 또한 사돈 내외분을 닮아서인지 너무 잘 생겼지 않습니까? 저랑 좀 닮았다고도 하던데? 제 집사람은 쓸데없는 소리 한다고 타박을 하였습니다만, 아무튼 이토록 훌륭한 아들로 잘 키워주신 사돈 내외분께 감사의 인사를 드립니다. 감사합니다.

조금 전 성혼선언을 통해 이제 두 사람은 부부가 되었습니다. 부부는 죽을 때까지도 부부여야 합니다. 세상이 변하여 이혼도 하고 졸혼이라는 듣보잡의 단어들도 생겨났지만 저는 그렇게 생각합니다.

부부는 백년해로를 약속한 세상의 유일한 짝이자 삶의 굳건한 동지입니다. 죽는 순간까지도 내가 너의 곁을 지켜주겠다는 믿음과 약속, 굳은 맹세가 부부의 관계입니다.

이런 부부가 어찌 쉬이 헤어지고 그 관계를 중간에서 중단시켜버리는지 알 수가 없습니다. 지금 두 사람은 서로가 서로를 알아가면서 누구도 어쩔 수 없는 엄청난 사랑의 신뢰를 서로 확인하였기에 오늘 이 자리에 당당하게 서 있습니다.

결혼식은 세상이 다 알고 사람들이 다 쳐다보는 가운데 인생의 가장

가치 있는 약속을 하는 일생 최대의 날이기도 합니다. 그 약속을 보여준 것이 바로오늘이고 그 약속의 실천으로 이렇게 부부가 되었습니다.

저희도 그렇고 사돈 내외분 또한 30여 년 전의 약속을 지키기 위해 오늘도 이렇게 부부라는 운명 공동체로 이 자리에 서 있습니다. 너희들도 결혼 30년 40년을 맞는 좋은 부부가 되기 바란다.

잘사는 것은 잘 이해하고 잘 배려하며 내가 먼저 잘난 척하지 않는 하루하루를 살아가는 것이다. 부디 너희 부부가 세상의 가장 모범적인 부부라는 소리를 들을 수 있었으면 한다.

마지막으로 오늘 이렇게 식장을 가득 메워주신 양가의 친척과 하객 여러분 정말 감사합니다.

아이들과 함께 오늘 여러 하객분들 한 분 한 분 잊지 않고 기억하겠습니다.

감사합니다.

		나	의		딸	에	게		

딸,

이제 아버지는 너 걱정은 하지 않는다.

이제부터는 너의 남편이 있으니 말이다.

너도 이 아버지 걱정은 하지마라.

모두 다 각자의 인생에 책임과 의무를 가지고 살자.

딸,

시집 잘 갔다.

이왕 갔으니 잘 살자!

엄마 아빠도 더 건강하게 잘 살게!!!

친구가 아무리 좋아도
친구는 결코 가족이 아니다

세상에서 가장 예쁜 딸을 가진 아버지 OOO입니다.

이 앞에 서 있는 아름다운 신부 OOO가 바로 제 딸입니다. 오늘 이렇게 하얀 드레스를 입은 모습을 보니 너무 예뻐서 기쁘고, 이렇게 고운 딸을 벌써 보내야하는 섭섭함에 잠시나마 당혹스럽기까지 하였습니다. 하지만 언젠가는 가야 할 길이고 언젠가는 보내야 할 그날이 바로 오늘입니다.

어젯밤 저는 쉽게 잠을 이루지 못하였습니다. 저도 결혼은 해보았지만 내 자식을 누군가에게 시집보내는 것은 처음이라 내 마음을 나도 어찌할 줄 몰랐습니다. 하루에도 몇 번씩 변하는 감정의 변덕스러움에 가족들 몰래 베란다와 화장실에 가서 딸을 보내는 눈물도 흘렸습니다. 30여 년 전 제 여동생을 시집보내면서 홀로 돌아서서 손수건으로 눈물을 훔치시던 아버지의 모습이 떠올랐습니다. 아버지는 원래 그런 것 같습니다. 저도 이제야 그때 아버지 눈물의 의미를 알 수 있을 것 같습니다. 저도 아버지이니까요.

오늘 막상 혼주석에 앉아보니 여러 하객분들의 미소와 박수가 신랑 신부를 더욱 더 빛나게 해주고 있다는 것을 느꼈습니다. 정말 감사합니다. 여러분들의 관심과 축하가 오늘 부부로서 새 출발을 하는 저희 자녀들에게 무한한 용기와 희망의 에너지가 될 것입니다. 혼주의 한사람으로서 거듭 감사하다는 인사를 올립니다.

이제 결혼하는 신랑 신부에게 먼저 경험해 본 아버지와 남편으로 살아가는 방법을 전수해주려고 합니다. 수많은 시행착오와 실수를 통해 터득한 아주 유용한 정보이기에 실전에서도 매우 효과가 있으리라고 생각합니다.

먼저 딸은 지금까지 보고 듣고 경험한 네 어머니대로 살아간다면 분명 시댁에서도 사랑받고 대우받으며 살 수 있을 것이다. 7남매의 장남인 나에게 시집와서 맏며느리로 살아왔으니 그 고생과 눈물은 이루 말로 다 표현할 수가 없다. 지금도 너무 고맙고 너무 미안하단다. 너 역시 장녀로 태어나 네 어머니의 삶을 보면서 많은 것을 느꼈을 것이다. 손에 물이 마를 날이 없었고 눈에 눈물이 마를 날이 없었다. 지금 생각해보면 그 날 그때를 어떻게 지내왔을까 생각하니 가슴이 아프다. 000여사님 죄송하고 미안합니다. 너무너무 고생만 시킨 못난 남편 이해해주세요.

이제부터의 노후는 내가 당신을 잘 보필하고 모시겠습니다.

사위 OO아, 자네는 우리 딸에게 나에 대한 이야기를 들었는지 모르겠지만 좋은 남편이 되려면 무조건 내가 살아온 반대로만 살아간다면 분명 백점 남편이 될 수 있을 것이다.

친구가 아무리 좋아도 친구는 결코 가족이 아니다. 나에게 가장 소중한 사람은 친구가 아니라 오로지 가족이다. 친구 따라 강남 간다고 했다. 가족과 함께 강남을 가도 가야 한다.

낚시가 아무리 좋아도 가족보다 더 소중할 수는 없다. 낚시가 좋아 이틀씩 사흘씩 고기 따라다니면 절대로 안 된다. 내가 고기 찾아다닐 동안 내 가족을 잃을 수도 있다는 것 명심해라. 취미는 가족과 함께 할 수 있는 것으로 찾아보거라, 가장에게 가족보다 더 소중하고 좋은 것은 없다. 나는 그것을 너무 늦게 알았다. 그래서 하나뿐인 아내의 가슴에 시커먼 멍을 들게 하였다. 가장 현명한 사람은 후회할 생각과 일은 애초부터 하지 않는 것이다.

아내에게 잘하는 남자는 돈을 조금 적게 벌어도 용서가 되지만 아내에게도 못하면서 돈까지 조금 가져오면 그것은 원수가 되는 것이다.

부부가 화목하면 가정이 평화롭고 가정이 평화로우면 자녀들이 바르게 성장할 수 있다. 부부가 행복하면 아이들이 행복하고 아이들이 행복하면 그 가정은 대대손손 번창할 것이다.

이젠 부부가 되었다. 더 이상 연애의 감성이 아닌 부모가 될 이성적인 마음가짐으로 매사에 충실하고 신중하게 살아가길 바란다. 어른이 되었다. 어른다움의 언행으로 멋진 며느리 멋진 사위 최고의 부부가 되었으면 한다.

　가족과 가정은 레고 블록처럼 쌓다가 마음에 들지 않고 틀렸다고 금세 허물어버리는 것이 아니다. 가족과 가정은 석가탑과 다보탑처럼 영원한 것이라는 것을 명심하였으면 한다. 잘 지키고 보존하거라.

　감사합니다.

	나	의		딸	에	게	

딸아, 사위에게 확실하게 아버지 말 전달했니?

친구는 친구다.

이제부터는 내 아내가 세상 최고이고 최우선의 사람이다.

내가 사위에게도 이야기했으니 잘 지키라고 해라.

내가 수시로 확인한다고 해라.

우리 딸 속썩이지 말라고 해라.

가정과 가족이 있고 친구가 있다.

아버지에게는 딸이 제일 중요하니까!!

서로의 이름을 불러주도록 해라

신부 OOO의 아버지이면서 대한민국 최고의 현모양처 OOO여사님의 못난 남편 OOO입니다.

사돈 내외분과 그 일가 친척 친지 여러분 안녕하십니까? 그리고 식장을 가득 메워주신 하객 여러분 진심으로 감사하고 많이 환영합니다. 참 잘 오셨습니다.

사돈 내외분! 우리 딸 잘 부탁드립니다. 저희는 잘 키웠다고 자부하며 자신 있게 딸을 보냅니다. 부디 귀한 딸 기 죽이지 마시고 잘 한다 잘 한다 박수 쳐 주시면 죽어라 잘 할 아이입니다.

제가 사위를 처음 본 것이 작년 9월 추석 무렵이었습니다. 저와 약속을 하고 만난 것이 아니라 우연히 집 앞 도로에서 제 딸을 배웅해주던 한 남자를 보게 되었습니다. 저 놈이 누구지? 누군데 우리 딸을 집 앞까지 데려다주고 가는 거야?

그날 딸에게 물었습니다.

딸, 오늘 뭐 타고 왔어? 통근버스?

아빠, 왜?

어, 그냥

아빠, 봤어?

어, 봤다.

오빠야!

뭐 오빠?

너에게 오빠가 어딨어? 혹시 교회 오빠? 너는 엄마 따라 절에 다니잖아!

그냥 아는 오빠야!

그냥 아는 것은 어떻게 아는 거야?

그때 그 오빠가 지금 이 오빠이고 제 사위이기도 합니다.

저는 오늘 신랑 신부에게 딱 한 마디만 하려고 합니다.

요즘 젊은 사람들의 호칭을 보면 저와 같은 사람, 소위 꼰대들은 도무지 이해가 되지 않는 단어가 있습니다.

바로 오빠와 이모입니다.

먼저 오빠는 같은 부모에게서 태어난 사이이거나 일가친척 가운데 항렬이 같은 손위 남자 형제를 여동생이 이르거나 부르는 말. 제 말이 아니라 우리나라 국어사전의 정의입니다.

딸 000아, 오늘 이 시간부터는 절대로 시댁의 어른들 앞에서는 남편을 오빠라고 부르지 마라, 너희들의 연애 기간 동안에는 정겨움의 표현으로 사용하였는지 몰라도 이제는 부부가 되었다. 아무리 세상이 변해도 변하지 않는 것이 있고 너희들 마음대로 함부로 바꾸어서도 되지 않는 것이 있다. 아직 여보 당신이라는 호칭이 부담스럽다면 서로의 이름을 불러주도록 해라, 어른들 앞에서까지 남편을 오빠라고 부르지 않도록 하였으면 한다.

우리나라 모든 식당에 가면 이모가 있다. 나이가 많든 적든 식당에서는 모든 사람들이 다 나의 이모다.

이모는 어머니의 여자 형제를 이르거나 부르는 말이다. 결혼하면 시댁의 여러 어른들을 만나고 가족이 된다. 올바른 호칭에서부터 그 사람의 됨됨이와 그 부모와 가정교육이 나타나게 된다.

부부는 서로가 서로를 존중하고 배려할 때 가정도 평안해진다. 이제 딸은 우리 집이 아닌 시댁의 가풍과 가훈을 익히고 실천하여야 할 것이다. 그것이 친정 부모를 위하고 효도하는 최고의 방법이라는 것을 꼭 기억하거라.

사위도 그렇게 해야된다 라는 말은 하지 않겠다. 미래를 생각해서 현명하게 처신해주기 바란다. 특히 장모의 눈 밖에 나지 않도록 각별히 신경 써주었으면 한다. 나도 사실 아내가 무섭다. 아무쪼록 자네나 나 모두 여자들 눈밖에 나지 않도록 잘 살아보자.

우리 둘이 단톡방 하나 만들자. 이름은 장사방 어때? 장인과 사위 방.

연애가 연습이라면 결혼은 실전이다. 연애에서는 실수가 애교가 될 수 있지만 결혼 후에는 실수가 눈물과 후회가 된다는 것을 잊지 말거라.

연애는 연인이지만 결혼은 부부다. 연인과 부부는 상대방은 같아도 그 책임감과 사명감은 분명 달라야 한다. 월드컵은 테스트 하기 위한 것이 아니라 능력을 보여주는 무대라고 했다. 결혼은 부부의 능력을 보여주는 삶의 가장 큰 무대다. 마음껏 너희들의 능력을 펼쳐보거라, 부모들은 언제나 너희들을 응원할 것이다.

잘 살아라!

감사합니다.

나의 딸에게

결혼식 준비하느라 힘들었고
결혼식 하느라 힘들었지?
힘들었던 만큼 더 행복하게 잘 살아야한다.
살다보면 분명 지금보다 더 힘든 순간들도 찾아올 것이다.
아내이고 어머니이며 며느리로 사는 동안
오롯이 너의 부부가 잘 이겨내야한다.
엄마아빠도 많이 도와줄 테니 너무 걱정하지마라.
엄마아빠는 언제나 너를 생각하며 살아갈 것이다.

부부의 밥상 위에
절대로 올려놓지 말아야 할 반찬 두 가지

결혼하는 딸을 보내기 위해 이 자리에 올라온 신부의 아버지 OOO입니다.

지인이나 친구의 결혼식에 갈 때마다 딸을 시집보내는 아버지의 마음은 어떨까 늘 호기심만 있었는데 이젠 그 마음을 알 것 같습니다.

너무나 당당하고 용감했던 친구가 딸의 결혼식에서 눈물을 보일 때 쳐 친구 왜 저래? 저거 쇼 아냐? 했던 제가 막상 오늘 이렇게 내 딸 앞에서 보니 친구의 마음도 이해할 수 있을 것 같습니다. 정말 만감이 교차합니다. 솔직히 말씀드리면 기쁨보다는 슬픔이 더 많고 홀가분함보다는 미련과 아쉬움이 훨씬 더 많은 것 같습니다. 정직하게 말씀드리면 지금

억지로 눈물을 참고 있습니다. 제가 울면 우리 딸도 울 것 같고 그러면 우리 딸 고운 화장이 지워질까 걱정이 앞서기에 입 꾹 다물고 참으려 합니다. 잘 될지 모르겠습니다.

이렇게 갈 줄 알았다면 따뜻한 말 한마디라도 좀 더 해줄 걸, 아내 몰래 아버지가 해주는 선물이라도 하나 더 사주고 보낼 걸, 어젯밤에는 시집가는 딸에게 줄 편지를 써보려고 잘 가지도 않는 동네 카페 맨 구석자리에 앉았지만 머릿속에 생각해 둔 단어와 문장을 하얀 종이로 옮길 때마다 주책없이 눈물이 종이 위에 탑을 쌓아버려 결국 비싼 커피만 마시고 나왔습니다.

어젯밤 딸은 제 엄마와 마지막 밤을 보냈습니다. 며느리와 엄마로 살아가기 위한 제 아내의 많은 당부와 경험의 지혜로움을 나누었으리라 생각됩니다. 물론 모녀가 흘린 눈물도 엄청났을 것입니다.

딸을 시집보내는 마음은 아버지나 어머니 모두 다 똑같습니다. 기쁘면서도 슬프고 반가우면서도 섭섭하고 사위가 좋기도 하다가 얄밉기도 한 것이 부모의 마음이라고 생각합니다.

그렇다고 우리 사위가 그렇다는 것은 절대로 결코 아니니 사위는 오해하지 말아라, 그리고 사돈 내외분, 저희 모두는 이런 멋있는 사위가 저희 가정의 새로운 식구가 된다는 것에 너무나 감사할 따름입니다. 훌륭한 아들로 키워주시고 믿음직한 사위로 허락해주심에 그저 감사를 드립니다.

이제 너희는 그렇게 서로가 원하고 꿈꾸었던 부부가 되었다. 부부는 그 시작은 있어도 끝은 없다. 부부는 영원한 것이다. 나의 마지막 날에도 부부는 함께하여야 한다. 그것이 부부의 의리요 부부의 약속이다.

나는 오늘 너희 부부에게 정말 당부하고 싶은 말이 있다.

그것은 부부의 밥상 위에 절대로 올려놓지 말아야 할 반찬이 두 가지 있다. 그것들을 함부로 올리다 보면 자칫 부부의 관계에 불신과 원망 미움과 증오의 불씨가 될 수 있기 때문이다. 꼭 명심해 주기 바란다.

첫째는 정치 이야기다.

정치에 무관심 하라는 것이 아니라 나의 생각과 주장을 상대방에게 강요하거나 상대의 생각에 무조건적인 비판을 하지 말거라. 부부이지만 서로의 생각과 주장은 다를 수 있음을 인정하거라. 정치는 부부의 소임도 아니고 부부의 역할도 아니다. 그저 지켜보고 평가하며 국민의 권리만 행사하면 되는 것이다. 정치적 이슈로 다툼이 생기지 않도록 유념하였으면 한다. 정치인들의 싸움이 너희들 부부싸움의 원인이 되지 않도록 슬기롭게 대처하거라.

둘째는 종교다.

종교의 자유가 보장된 나라에 우리가 살고 있다. 종교는 누군가에게 보약이 되어야지 마약이 되어서는 안 된다. 부부는 물론 각자 가정과 가정의 종교들을 서로 존중하고 배려하여야 한다. 종교로 전쟁까지 일어난 역사를 잘 알 것이다. 종교는 강요하지도 말고 간섭하지도 말거라. 믿음과 믿음은 스스로의 성찰과 판단에 맡기도록 하여라. 그것이 성자들의 한결같은 가르침이었다. 종교를 나만의 얄팍한 지식과 지혜로 함부로 사용하지 말아라. 종교를 비교하거나 평가하지마라. 조용하던 집안이 어느 날 갑자기 정치적 다름으로 인한 다툼, 종교적 견해 차이로 인해 가족과 가족의 불협화음을 많이 보았다. 결코 바람직하지 않은 모습이다. 진정으로 종교를 믿는 사람은 결코 그런 경솔함을 보이지는 않는다.

결혼은 사람과 사람의 관계이다. 부부는 세상 그 무엇보다 소중한 최고의 가치다. 부부와 가족과 상관없는 대중적 문제로 이 아름답고 숭고한 관계와 인연에 틈이 벌어지지 않도록 너희들도 유념하기 바란다.

하루하루 나의 일상에 충실하자

하루하루 나의 건강에 유념하자

하루하루 나의 언행에 책임지자

하루하루 나의 부모를 생각하자

너희들의 삶이 행복할 것이다.

오늘 이 자리를 찾아주신 양가 친척과 신랑 신부 직장동료를 비롯한 모든 하객 여러분에게 이렇게 찾아주심에 감사드리는 인사를 올립니다.

여러분 너무 감사합니다.

저희 아이들 누구보다 좋은 부부로 잘 살도록 많은 응원 부탁드립니다.

감사합니다.

나의 딸에게

부부가 사랑싸움은 하여도
정치와 종교 등 쓸데없는 것들로 절대로 싸우면 안 된다.
가장 어리석은 짓이다.
부부는 사랑하며 살기에도 시간이 부족하다.
아버지 말 잘 명심하거라.
사랑싸움도 싸움이니 하지 말고......
부부는 오로지 사랑만, 알았나???

서로의 주름살과 하얀 머리카락마저도
여전히 아름다워 할 수 있는

안녕하십니까? 감사하고 고맙습니다!

오늘 대한민국에서 가장 아름다운 신부와 제일 잘 생긴 신랑의 장인어른이 된 000입니다.

살면서 이만큼 기분 좋으면서 요만큼 슬픈 날은 처음입니다. 딸을 보내니 슬프고 저렇게 듬직한 아들 하나를 얻어서 기쁘니 이 마음을 어떻게 표현해야 할지 저도 잘 모르겠습니다.

사위를 이렇게까지 훌륭하게 키워주신 사돈 내외분의 노고와 헌신에 고개 숙여 감사를 드립니다. 그리고 오늘 직접 이 결혼식을 위해 달려와주신 하객 여러분들에게도 심심한 감사를 드립니다.

우리 딸은 제 엄마를 쏙 빼닮아 참 미인입니다. 제 아내는 지금도 여전히 미인이라는 소리를 듣고 있습니다. 저는 참 복이 많은 사람입니다. 음식도 잘하고 꽃 가꾸기도 잘하여 집에는 늘 예쁜 꽃이 활짝 피어 있습니다. 부지런하고 손재주 있는 아내 덕분입니다. 잘 생긴 우리 사위를 볼 때마다 어머니를 참 많이 닮았다는 생각을 했습니다. 미인과 미남이 많은 집안끼리의 결혼이라 결혼식장이 더 화려해 보입니다.

우리 딸도 아버지보다는 어머니를 많이 닮았기에 얼마나 다행인지 모르겠습니다. 아버지는 잘 하는 것이 없습니다. 그저 회사 가서 월급이나 갖다 주는 것 말고는 크게 한 것이 없습니다.

막상 딸이 오늘 이렇게 집을 나가겠다고 하니 내가 뭘 잘못해서 그러는 것인지 아니면 나보다 더 좋은 남자가 생겨서 그런 것인지 아무튼 기분이 무조건 좋지만은 않은 것도 사실입니다.

자식이라고 언제까지고 부모와 함께할 수 없는 것이 세상의 이치라고 합니다. 언젠가는 놓아주고 내려놓아야 하는 것이 부모의 역할이고 부모의 도리라고 생각합니다. 그날이 바로 오늘입니다. 오늘 저는 우리 딸의 손을 마지막으로 잡아보았습니다. 우리 딸과 마지막으로 함께 걸어도 보았습니다.

참 기분이 묘했습니다. 오늘부터는 같은 식탁에서 밥을 먹지 않고 다른 집에 가서 잠을 자겠구나 생각하니 참고 숨겨 놓았던 슬픔이 서로 먼저 나가려고 눈 밖으로 흘러내렸습니다.

가끔씩 딸이 자는 방문을 슬며시 열고 걷어 낸 이불을 덮어주곤 하였던 아버지만의 습관도 이제는 더 이상 할 수 없는 그리움이 되고 말았습니다. 그래도 걱정이 되지 않는 것은 이젠 나 대신 저렇게 듬직한 남편이 우리 딸의 이불을 덮어줄 것이라고 생각하니 한결 마음이 가벼워집니다.

요즘 트로트가 대세인 시대입니다. 각종 오디션 프로그램에서 앞다투어 트로트를 하고 있습니다. 저처럼 나이 든 사람들에게는 효자 프로그램인 것 같습니다. 제가 딸이 결혼 날을 잡고부터 가끔 흥얼거리는 노래가 하나 있습니다. 우리 딸뿐만 아니라 세상의 모든 연인과 부부들에게 꼭 들려주고 싶은 노래이기도 합니다.

저는 원래 자신 없는 것은 애초부터 시도를 하지 않습니다. 노래가 바로 그렇습니다. 어설프게 하여 타인의 고막을 아프게 하고 눈살을 찌푸리게 하는 어리석음은 결코 하지 않고 살아왔습니다. 회사모임에서도 노래하지 않으면 벌금 하면 저는 가장 먼저 자진납부하고 편하게 술만 마십니다.

오늘 소개드릴 노래는 김용임 가수의 도로 남이라는 노래입니다.

남이라는 글자에 점 하나를 지우고

님이 되어 만난 사람도

님이라는 글자에 점 하나만 찍으면

도로 남이 되는 장난 같은 인생사

참 가사가 기가 막힙니다.

부부도 서로 남과 남으로 만나 점 하나씩 빼고 님이 되었습니다. 부부가 된 이상 더 이상 점을 찍으면 안 됩니다. 님이 되면 더 이상 뺄 점도 없습니다. 우리 세상살이가 그렇습니다. 숫자에 동그라미 하나 더 그려

서 범죄자가 되기도 하는 세상입니다.

　부부는 영원한 관계입니다. 부부는 평생 서로의 님입니다. 결코 남의 님이 되어서는 안 됩니다. 내 님은 누구일까? 아내와 남편뿐입니다.

　서로의 주름살과 하얀 머리카락마저도 여전히 아름다워 할 수 있는 사이가 바로 부부입니다. 오늘 부부가 된 너희들도 세상에서 가장 오랫동안 서로를 아름다워 한 그런 부부가 되었으면 한다.

　엄마 아빠 사돈내외분들보다 더 행복한 부부가 되거라. 결혼을 축하한다.

　감사합니다.

| 언 | 제 | 나 | | 예 | 쁜 | | 딸 | 에 | 게 | |

딸~~~

수고했다~~~

오늘 너무 예뻤다!!

역시 우리 딸이 최고다!!

그런 딸 곁에 평생 동안 함께할 우리 사위도 정말 최고였다.

이제부터는 두 사람이 하나 되어 정말 잘 살도록 해라.

아빠 소원은 오로지 그것 하나뿐이다.

딸~~~

아빠가 많이 사랑한다! 알지???

신뢰 배려 존중 그리고 헌신의 의무

하나밖에 없는 외동딸을 시집보내는 쓸쓸한 아버지 OOO입니다.

퇴근하여 현관문 열면 내가 세상에서 제일 좋아하는 빵, 아빵 하며 달려오던 너를 오늘부터는 볼 수도 없고 귀여운 목소리를 들을 수 없구나, 딸내미하며 달려갈 너의 방에는 아빠가 사 준 덩치 큰 곰 인형만 덩그러니 있겠구나, 이 모든 것이 현실이고 사실이다. 아빠도 며칠 전부터 너 없는 일상과 세상에 대한 연습을 하고 있다. 그런데 아빠도 처음이라 무척이나 어렵고 힘들구나. 누구에게나 처음은 그렇다. 그래도 우리 딸이 이렇게 잘 성장하여 어느 집의 며느리가 되고 누군가의 아내가 된다고 생각하니 너무나 기특하고 고맙구나. 나의 딸로 우리 곁에 와 주어 정말 고맙다.

아빠도 당분간 아니 어쩌면 평생 너를 그리워하며 살지 모르겠다. 자식이라고는 네가 유일하였기에 아빠 엄마의 허전함과 황망함도 꽤 오래 갈 것 같다. 그러나 걱정하지 말거라, 아빠 옆에는 너를 꼭 닮은 엄마가 있으니 말이다. 어차피 부모는 이별과 기다림이라는 삶의 굴레에서 완전히 벗어날 수가 없다. 오늘부터는 너를 기억하고 기다리는 즐거움이 하나 더 생겼으니 이 또한 행복이라 생각한다.

언젠가는 이런 날이 올 줄 알았으면서도 아빠는 너에게 못 해 준 것만 생각나는구나. 좀 더 잘 해 주었으면, 한 번 더 토닥여 주었으면, 이런저런 몹쓸 생각들은 곧 후회가 되고 아쉬움이 되는구나. 이제라도 아빠의 부족함이 있었다면 너그러이 이해하거라. 혹시라도 너에게 화를 내고 소리를 질렀다면 그것은 아빠의 진심이 아니었다. 아빠는 정말 너에게 좋은 아빠가 되고 싶었단다.

아빠도 아빠가 처음이라 어떻게 하는 것이 진짜 좋은 아빠인지 잘 몰랐단다. 이제는 조금 알 것 같은데 이렇게 시집을 가는구나. 하지만 다행스러운 것은 이 아빠보다 더 너에게 잘 할 사위가 있으니 마음 든든하다. 참으로 고맙다, 내 사위 00아.

사위를 볼 때마다 느끼는 것이지만 어쩌면 아들을 저토록 훌륭하고 듬직하게 키웠을까 그저 존경스럽단다. 사돈 내외분의 자식 사랑과 훌륭한 양육에 경의를 표합니다. 감사합니다.

이제 너희는 세상과 사람들 앞에서 한 가지 큰 약속을 하였다. 세상이 무너지고 대재앙이 들이닥쳐도 내 아내 내 남편의 손을 놓지 않고 평생 내 사람으로 섬기고 믿으며 살겠다고 맹세도 했다.

약속과 맹세는 누구나 쉽게 할 수 있다. 실천이 곧 사랑이고 행복이다. 결혼은 현실이다. 결혼에 예행연습과 평가전은 없다. 결혼은 곧바로 실전이다. 실수와 잘못이 있어도 함부로 팀을 나가거나 다른 팀으로 바꿀 수 없는 것이 결혼생활이다.

결혼은 두 사람만의 화려한 의식으로 끝나는 것이 아니라 가족과 가족이 나의 가족 우리의 가족으로 바뀌는 아주 큰 삶의 변화이다. 너희뿐만 아니라 양가 모두에게도 기쁨과 축복의 날이 바로 결혼이다. 함부로 판단하거나 조급하게 결정해서는 안 되는 이유다. 너희 둘은 누구보다 지혜롭고 현명하기에 부모들은 너희들을 믿고 오늘 부부의 인연을 허락한 것이다.

실전에 강한 선수가 진정한 프로다. 이제 부부의 날들이 시작되었다. 부부는 핑계와 변명 대신 이해와 설득이 필요하다. 고집과 의심 대신 양보와 믿음이 필요하다. 부부가 되었다는 것은 책임과 존중을 다 하겠다는 의지를 행동으로 실천하는 것이다.

세상 모든 부부의 모범이 되는 부부가 되길 바란다.

그것이 양가 부모님에 대한 최고의 효도이고 최선의 공경이다.

마지막으로 내 딸에게 한마디만 하고 인사를 끝낼까 합니다.

누구나 새로움에 대한 기대와 설렘만큼의 불안과 두려움이 있다. 시댁의 가풍이나 식구들의 습관까지 하루빨리 익혀 우리 집 며느리 잘 들어왔다는 소리가 우리 집까지 들릴 수 있도록 정성을 다하여 어른들을 모셔라. 너는 누구보다 잘 하리라 아버지는 믿는다. 아버지도 너 없는 새로움에 빨리 적응하려고 노력하겠다. 다시 한번 말하지만 부부의 사랑은 따뜻하고 밝은 세상을 위한 귀한 마중물과도 같다. 아내의 환한 미소와 남편의 웃음소리야말로 진정한 행복의 화수분이라는 것을 꼭 기억해주기 바란다.

나라에는 국민의 4대 의무가 있다. 국방, 근로, 교육 그리고 납세의 의무다. 부부에게도 반드시 지키고 실천해야 할 4대 의무가 있다. 아빠가 엄마랑 살면서 보고 듣고 느낀 것이다. 어쩌면 후회와 반성일 수도 있다. 그냥 참고로 해라.

부부의 4대 의무는 신뢰, 배려, 존중 그리고 헌신의 의무다. 나의 여자 나의 남자를 위해서 이 정도는 반드시 지키고 실천하거라, 좋은 부부 행복한 부부가 될 것이다.

오늘 바쁜 일정 다 멀리하고 이렇게 저희 자녀들 결혼식에 직접 발걸음 해주신 양가 친척 친지 직장동료 모든 하객 여러분 너무 감사합니다. 저희들이 정성껏 마련한 음식 맛있게 드시고 안전하게 귀가하시기 바랍니다.

감사합니다.

나의　딸에게

사람은 기본을 지킬 줄 알아야한다.
맥주 세 병에 안주 하나가 기본이 아니다.
사람다움은 사람답게 사는 것이다.
딸과 사위는 꼭 명심하며 살아라.
기본이 곧 상식이고 진리다.

부부가 되었다는 이유만으로
내 삶의 목표마저 잃지 않고

어린 신부의 아버지 000입니다.

간다고 할 때만 해도 설마 했는데 오늘 이렇게 진짜 가는 것 같습니다. 만 18세가 넘었으니 간다고 하면 갈 수 있는 것이 법으로도 보장되어 있다고 합니다. 그래도 너무 빨리 가는 것 같은데 하는 생각을 지울 수가 없습니다.

우리 딸은 스물하고도 셋, 사위는 스물하고도 여섯, 둘을 다 합쳐도 오십이 안 됩니다. 이제 제 나이도 쉰 하고도 둘입니다. 어째 이런 일이라는 생각이 자꾸만 듭니다.

제 아내는 조만간 할머니로 불리는 것에 대해 큰 걱정을 하고 있습니다. 저 역시 아직도 청춘인데 할아버지가 되어야만 하니 이건 아니라고 해도 우리 딸은 이왕 갈 것 하루라도 빨리 가겠답니다.

과연 잘 할 수 있을까? 우리 집도 아닌 시댁이라는 집에 들어가서 딸이 아닌 며느리로 잘 할 수 있을까? 아버지는 걱정이 수십 수백 가지입니다. 결혼은 영화도 아니고 드라마도 아닌 냉정하고 엄격한 현실입니다. 과연 우리 딸이 그런 준비까지 잘 하였는지 아버지는 불안합니다.

대학을 졸업하고 현재 취업준비를 하고 있는 딸과 공무원시험에 합격하여 이제 막 사회생활을 시작한 사위에게 아버지는 몇 가지 당부와 부탁을 하겠습니다.

이제 어쩔 수 없이 가 아닌 진정 두 사람이 사랑하고 믿음으로 장래를 약속하였기에 이 자리에까지 섰습니다. 양가 가족뿐만 아니라 친구와 직장동료 등 많은 사람들 앞에서 부부가 되겠다고 약속하고 다짐하였으니 이제부터 두 사람은 자신들의 말에 책임감을 가지고 누구보다 그 어떤 부부들보다 행복하게 잘 살아야 할 것입니다. 그것이 지금까지 키워준 양가 부모님에 대한 진정한 효도라고 생각합니다.

우리 딸과 사위는 소위 말하는 캠퍼스커플로 만나 결혼까지 하게 되었습니다. 서로가 서로를 잘 알고 서로가 서로의 단점 또한 잘 알고 있으리라 생각합니다. 부부는 그 사람의 단점을 억지로 내가 가진 장점으로 바꾸고 변화시키려 하기보다는 그 사람의 장점을 최대한 오래 자주 발휘할 수 있도록 해주면 좋을 것 같습니다. 사람은 자신의 단점에 대해 쉽게 인정하거나 고치려 하지 않습니다. 그 사람은 그것을 단점이라고 생각하지 않을 수 있기 때문입니다. 부부만의 장점을 하나 둘 찾아서 그것으로 즐기고 행복을 찾기 바랍니다.

딸과 사위야!

결혼은 행복의 보장이 아니라 행복의 시험이다. 이 결혼이 너희들의 행복을 영원히 무한히 보장한다는 생각은 갖지 마라. 너희 둘은 오늘부터 진정한 사랑과 행복이라는 시험을 치르는 것이다. 정답은 없다. 누군가의 삶이 참고는 될지언정 그것이 너희들의 삶이 되지는 않는다.

부부는 사랑의 완성이 아니라 사랑의 시작이다. 결혼하였으니 우리들의 사랑이 다 완성되었다고 착각하면 안 된다. 이제 부부로 살아가다 보면 온갖 세상과 사람들이 너희들의 사랑을 방해하고 시험하려 들 것이다. 너희들의 진정한 사랑은 이제부터다.

몇 살에 결혼하면 잘 살고 그렇지 않은 법은 없다. 누구와 어떻게 사랑하고 사느냐가 중요하다. 너희들은 다른 사람에 비해 조금은 일찍 결혼하고 부부가 되었다. 그만큼 책임감도 크다는 것을 항상 명심하거라. 어린 나이에 결혼하였지만 다른 누구보다 더 잘 살 수 있다는 것을 너희들이 멋지게 보여주었으면 한다. 그렇게 할 수 있지?

아직은 어리다고만 생각했는데 오늘 밤부터는 너를 마음껏 볼 수 없다는 생각이 이제야 내 마음을 찾아오는구나. 현실을 인정하고 받아들여야 하겠지만 아빠도 이런 감정과 느낌은 난생 처음이라 당분간은 힘들 것 같구나, 많이 보고 싶을 것 같다, 우리 딸.

시집 간 딸에게 불쑥불쑥 친정아버지가 전화하기도 조심스럽구나. 너희들이 사는 집을 가고 싶다고 함부로 갈 수도 없으니 아버지는 그저 가슴으로만 너를 그리워해야겠구나. 그것이 너의 행복과 네가 잘 살 수 있고 시대의 어른들로부터 좋은 며느리로 사랑받을 수 있는 방법이라면 아버지는 얼마든지 참고 또 참을 수 있단다.

존경하고 자애로우신 사돈 내외분,

같이 자식 키우는 부모 입장으로 저 어린 제 딸 예쁘고 귀엽게 잘 챙겨주십시오. 분명 엉뚱한 실수도 하고 잘못도 할 것입니다. 매섭게 꾸짖기보다는 딸처럼 잘 보듬어 주실 것을 감히 부탁드려봅니다.

사위 00 아

이제 내 딸은 자네의 여자이고 자네의 아내가 되었다. 남자가 여자를 지키고 보살피는 것은 세상의 도리요 상식이다. 나는 자네를 믿는다. 잘 부탁한다. 비록 지금은 어린 부부이지만 곧 어엿한 부부가 되어 양가의 복덩어리가 될 것이라 믿습니다. 마지막으로 한 가지 부탁만 하겠다. 두 사람이 잘 의논하고 조절하여 양가 부모님들의 할아버지 할머니 시기를 조금은 더 늦추어지길 바란다. 우리도 우리 인생을 좀 즐기게 해다오. 우리도 아직까지는 할아버지 할머니가 되기 위한 그 어떤 준비도 자세도 되어있지 않다. 우리가 너무 일찍 할아버지 할머니가 되어버리면 너희들도 그만큼 힘들어지고 고달파진다는 것 잊지 마라. 부탁한다. 너희들을 키울 때는 무한 책임감과 체력이 뒷받침되었지만 이젠 무한 책임감에 유한 체력이란다.

노파심에 한마디만 더 하고 끝내겠다.

결혼을 하겠다는 것은 서로의 약속과 다짐에 대한 책임을 실천하겠다는 것이고 부부가 되었다는 것은 그 실천에 대한 책임을 다하기 위함이라는 것을 꼭 명심하거라. 어린 부부도 부부이다. 남들보다 조금 일찍

한 만큼 더 오래도록 행복을 누리기 바란다. 그리고 결혼이라는 이유만으로 너희들의 꿈을 포기하지 않았으면 한다. 부부가 되었다는 이유만으로 내 삶의 목표마저 잃고 살아가지 않았으면 한다.

슬기롭고 지혜로운 부부라면 결코 어렵지 않다.

여러분 감사합니다.

나 의 　 　 딸 에 게

딸, 결혼식은 끝이 났다.

이제부터는 현실이다. 이제 우리 집은 친정집이다.

너의 집은 시댁이다.

하지만 결혼하였다고 너의 꿈마저 포기하라는 것은 아니다.

세상은 변했다.

사람도 변해야 한다. 아내이고 며느리라는 이유만으로

과거의 여자로 살면 안 된다.

당당하게 살아가거라.

너는 이 아버지의 자랑스러운 딸이다.

영원히!

결혼은 새로운 관계의 시작이고
부부는 새로운 가정과 가족의 시작

신부의 아버지에서 친정아버지가 된 딸 OOO의 애비 OOO입니다.

무더운 8월의 신부가 된 딸과 사위가 날씨 때문에 힘들지 않을까, 또 이렇게 축하해주러 오신 하객분들에게도 불편을 드리지는 않았는지 모든 것이 조심스럽습니다. 그럼에도 불구하고 이렇게 자리를 가득 메워주신 하객 여러분께 고개 숙여 감사를 드립니다.

대부분 5월의 신부가 되고 싶다고 하던데 우리 딸은 8월의 신부로 기억되고 싶다고 하여 이렇게 날을 잡게 되었습니다. 신랑도 흔쾌히 동의하였다고 합니다. 물론 거절하기 쉽지 않았으리라 짐작은 갑니다. 우리 딸은 한 번 마음먹은 것은 꼭 해내고야마는 한 성질 하는 아이입니다.

나쁜 의미가 아닌 좋은 의미로 받아주셨으면 합니다. 끈기와 열정이 남달랐던 아이였습니다.

사돈 내외와 그 가족 친지 여러분, 저의 똑똑하고 정이 많은 딸을 며느리로 새로운 가족으로 허락해 주심에 감사드립니다.

이런 축사를 하면 제 딸은 무조건 낮추어 말하는 것이 관례라고 합니다만 저는 솔직하게 있는 그대로의 제 딸을 소개하고 싶었습니다. 제 딸 정말 똑똑하고 영리하며 영특한 아이입니다. 지금까지 아버지의 딸로만 30년을 살아왔지만 단 한 번도 아버지와 어머니의 가슴에 눈물 흘리게 한 적 없고 제 동생 잘 보살펴 온 착한 딸이었습니다.

다만, 오늘 이 자리에 서기까지 좀 더 아버지로서 딸과 살가운 시간을 한 번이라도 더 만들어주고 싶었는데 그러지 못하고 이렇게 보내버리는 것이 못내 아쉽습니다. 서로의 시간에 집중하였고 다 큰 애 자기가 알아서 할 것이라 믿고 아버지와 딸만의 기억과 추억을 많이 만들어 놓지 못하였습니다.그리고 이제 훌쩍 떠난다고 하니 비로소 이별을 실감할 수 있었습니다. 어제는 가족들 몰래 베란다에 나가 긴 한숨 소리에 훌쩍거림을 꼭꼭 숨겨 눈물도 흘렸습니다.

저도 어쩔 수 없는 아버지이기에 시집가는 딸을 생각하노라면 기쁨보다는 걱정과 안쓰러움이 큰 것 또한 숨길 수 없는 사실입니다. 남의 가정에 새로운 식구가 되어 살아간다는 것이 그리 간단하고 쉬운 것이 아니라는 것이 저도 이만큼이나 살아보며 터득한 삶의 진리였습니다. 이제 제 딸은 이 땅의 아내와 며느리 그리고 어머니로 살아갈 첫발을 내딛으려 합니다. 이젠 돌이킬 수도 없이 앞으로만 나아가야 합니다. 비포장

자갈길도 만날 것이고 낭떠러지 앞에서 숨죽이며 혼자 엉엉 울 때도 있을 겁니다. 친정 부모 걱정한다고 저희 부부에게는 말도 하지 않고 혼자 속앓이를 할 딸을 생각하면 지금도 가슴이 무너져 내립니다.

딸아, 무슨 일이든 혼자 다 안으려 하지 말고 때로는 누구와 나누어 가지거라, 그것이 남편이 되든 시댁의 어른들이고 친정의 부모가 되든 너의 곁에는 아직도 많은 사람들이 너의 편이라는 것을 꼭 명심하거라.

사위 00 아

참 고맙다. 세상에서 아버지인 나보다 더 우리 딸을 사랑한다고 하니 이 보다 더 고마운 일이 없다. 덕망 높은 가문에서 훌륭한 부모님과 식구들로부터 올곧게 자라 이렇게 나의 사위가 된다고 생각하니 사돈 내외분과 모든 친지 분들에게 감사를 드립니다.

딸 00 아 사위 00 아

이제 너희는 연인이 아닌 부부가 되었다.

데이트가 아닌 결혼을 하였다.

누구는 이렇게 말하였다.

결혼보다 위험한 모험도 없겠지만 결혼보다 더 확실한 행복도 없다고 했다.

너희들의 결혼도 모험이 될 것인지 아니면 순탄한 행복만 만나게 될 것인지 그것은 아무도 모르지만 분명한 것은 모험과 행복의 주인공은 바로 너희 부부라는 것이다.

나이 든 자녀를 둔 부모의 마음은 똑같다.

결혼하지 않으면 평생 혼자 살까 걱정이고

결혼하면 혹시나 어느 날 갑자기 혼자가 되어버리면 어떡하나 걱정 한다.

나와 사돈 내외분들은 이런 걱정은 하지도 않는다. 너희는 지혜롭고 누구보다 서로가 서로를 신뢰하고 사랑하기 때문이다. 어렵고 힘들 때 부부가 필요하다. 어렵고 힘들 것이기에 하나가 아닌 둘이 더 큰 하나의 부부가 된 것이다.

결혼은 새로운 관계의 시작이고 부부는 새로운 가정과 가족의 시작이다.

부부는 어제 힘겹게 올라갔다 내려온 산을 오늘 아침 또다시 같이 올라갈 수 있는 사람이다.

연애하였으니 연인이 되었고 결혼하였으니 부부도 되었다. 부부가 되었으니 엄마 아빠가 될 것이고 우리는 할아버지 할머니도 되겠지, 그것이 보편적이고 상식적인 사람의 일생이다. 지금까지 우리 모두는 잘 가고 있다. 앞으로도 열심히 잘살아보자. 00와 00의 하나 된 우리 가족 모두 파이팅!

감사합니다.

나의 딸에게

새로운 인생을 시작한 너희들을 다시 한번 축하한다.

부디 잘 살도록 노력하여라.

부부는 운명공동체이다.

너와 내가 아닌 우리다.

딸과 사위는 세상에서 가장 부러워하는 그런 잉꼬부부가

되어다오.

우리 딸,

새로운 가정과 가족들과도 화목하게 잘 지내거라.

아버지가 보고 싶다고 하면 영상통화라도 자주 하자!!

아버지 더 늙은 모습 보여주기 싫다.

명품은 스스로 빛을 발하고 누구나 인정한다

신랑도 신부만큼 너무나도 사랑하는 신부 아버지 OOO입니다.

오늘 이렇게 삼십여 년 동안 상상으로만 생각했던 딸의 결혼식에 서 보니 만감이 가슴을 가득 채우고 있습니다. 친구들의 결혼식에 가면 나도 언젠가는 저렇게 혼주석에 앉을 수 있을까 하는 걱정도 하였습니다.

결혼이란 부모의 욕심도 아니고 부모의 소원을 이루기 위한 자식들의 효도도 결코 아닙니다. 그렇게 하여서도 안 되는 것이 결혼입니다. 결혼은 가정과 가족의 탄생입니다. 세상에서 가장 숭고하고도 엄중하며 아름다운 의식입니다. 결혼식은 사람과 사람이 연출하는 가장 감동적인 무대입니다. 모두가 주인공이 되어 각자의 마음속에 담아 둘 화려하고도 즐거운 기억과 추억의 시작이기도 합니다.

오늘 이 두 사람은 부부가 되어 새로운 가정과 가족의 처음을 알리고

자 많은 하객들 앞에서 결혼이라는 절차를 통하여 영원한 약속과 맹세를 진지하고 엄숙하게 하고자 합니다. 여러분 한 분 한 분께서 그 증인이 되어주셨습니다. 너무나도 감사합니다. 여러분의 박수와 환호가 이 두 사람의 심장을 힘차게 뛰게 하고 세상을 살아가면서 힘들 때마다 많은 힘과 용기가 될 것입니다.

딸은 시집을 가고 사위는 아들로 온다고 하지만 저는 우리 딸과 함께 세상에서 가장 멋진 아들이 함께 온다고 생각합니다. 누군가는 오고 누구는 가고가 중요한 것이 아니라 이제는 우리 모두가 함께라는 사실이 중요합니다. 오늘부터 가족이 되었다는 즐거움과 행복이 너무나 좋습니다.

사위를 볼수록 어쩌면 저토록 아들을 훌륭히 키웠을까 부모님의 인성과 품성을 그대로 물려받아 많은 사람들로부터 칭찬과 부러움을 받는 사위를 보면서 이런 분들과 사돈 내외의 관계를 맺는다 생각하니 얼굴에 절로 미소가 꽃처럼 피어납니다.

제 딸 00는 아버지가 생각할 때는 어디 내어놓아도 손색없는 지혜와 재능은 물론 어른을 공경하고 이웃을 배려할 줄 아는 예의와 올바른 인성을 가진 아이라고 자부합니다. 이젠 부모의 슬하를 떠나 살아온 방식과 삶의 가치가 다른 새로운 가족과 가정의 일원이 된다고 생각하니 아버지로서 걱정과 불안, 알 수 없는 두려움도 있는 것이 사실입니다. 잘할 것이다. 잘 하리라 생각하면서도 행여나 시댁의 어른들께 잘못이나 실수를 하지는 않을까 염려도 됩니다.

꾸지람을 듣고 혼자 어디 구석에서 눈물 흘리지는 않을까, 아버지 어머니 동생들 하나 없는 낯선 환경에서 여린 마음에 집 생각 가족 생각에 가슴앓이는 하지 않을까 아버지는 늘 걱정이 떠나질 않습니다. 다 큰 자식을 뭐 그렇게 어린아이처럼 대하느냐고 친구들이 핀잔도 주지만 아버지는 영원히 아버지입니다. 딸의 나이가 아무리 많아도 아버지 마음에는 그저 어린 딸로만 보일 뿐입니다.

잘 가르치고 제대로 교육시켜 보내지만 혹시라도 제 아이가 조금 부족하고 마음에 들지 않더라도 같은 부모의 마음으로 너그럽게 안아주실 것을 딸을 시집보내는 아버지로서 부탁의 말씀을 드려봅니다. 아마도 저는 오늘 밤부터 딸 걱정에 밥을 먹지 않아도 배가 부를 것 같습니다.

딸아 지금까지 엄마 아빠에게 한 것처럼 아니 그 이상으로 시댁의 어른들을 공경하고 살뜰하게 보살피거라. 그것이 친정 부모에게는 가장 큰 효도란다. 우리 딸이 시댁에서도 칭찬받고 밝게 생활하는 모습을 보고 싶구나. 너는 누구보다 잘 하리라 아빠는 믿는다.

이제 부부가 된 너희들에게 아빠가 한마디만 하려고 한다. 세상의 많은 물건들 중에 오랜 세월 동안 명품으로 불리는 제품들이 있다. 그 제품들의 특징은 숙련된 장인들의 열정과 열성 그리고 기교로 만들어졌기에 반품은 물론 하자도 거의 없다. 그만큼 확실하다는 증거다.

너희 부부도 세상의 명품이다. 양가의 부모 가족 열정과 열성으로 자라 흠잡을 데 없는 최고의 명품들이 되었다. 세상이 인정하는 너희들이다. 결코 하자가 있을 수 없으며 반품 또한 없다. 완벽한 명품이다. 명품은 스스로 빛을 발하고 누구나 인정한다. 그렇기에 명품은 오래도록 사랑받고 영원히 기억하게 된다. 너희들도 그런 명품 부부가 되었으면 한다. 사람들이 부러워하고 기억할 수 있는 부부로 살아가길 아버지는 진심으로 원한다.

오늘 저희 아이들의 결혼식에 이렇게 참석하여 신랑 신부와 양가의 혼주들을 기쁘고 빛나게 해주신 친지 및 하객 여러분들께 고개 숙여 감사를 드립니다. 저희들이 나름 정성으로 준비한 음식 맛있게 드시고 돌아가시는 길 부디 안전하게 가시기 바랍니다. 귀댁의 경조사도 꼭 연락 주시어 오늘처럼 제가 기쁨과 슬픔까지도 함께 나눌 수 있는 기회를 주시기 바랍니다.

감사합니다.

나의 딸에게

너희들이 바로 명품부부다.

세상 최고의 커플이고 신랑 신부였다.

이제부터는 명품 부부답게 폼 나고 멋지게 살아라.

그것은 너희 부부의 몫이다.

부디 명품이 싸구려가 되지 않도록 언행에 항상 주의하며

예의 있게 행동하여라.

명품은 언제 어디서든 빛이 난다.

우리 딸

우리 사위가 그렇더라.

딸과 사위를 믿고 사랑하는 아빠가

나는 이렇게 신부 아버지가 되었다

딸의 남자가 있다 – 복잡미묘하다

아내를 통해 명확히 알게 되었다. 굳이 내가 확인할 필요는 없었다. 딸의 남자가 있다. 당연함에 기분이 좋았다. 그래 내 딸 정도라면, 역시라는 뿌듯함도 있었다. 혹여나 제 짝을 찾지 못하여 홀로 외로움을 숨기고 살아가면 어쩌나 하였던 아버지의 걱정 하나도 말끔히 지워졌다. 하지만 요즘에는 소설이나 영화 같은 일들이 누구나의 일처럼 되는 세상이 아닌가? 아버지는 또 풍부한 상상력으로 새로운 걱정과 불안을 가슴에 안기 시작했다. 내 딸이지만 언젠가는 누구의 아내, 어느 집의 며느리가 된다는 확신과 그렇게 살아가기를 바라고 있었지만, 막상 그렇게 될 것이라고 생각하니 참 기분이 묘했다. 비혼이니 독신과 1인 가구의 세상이 더 이상 특별함이 아닌 시대가 되었다. 내가 살아왔던 그때의 특별함들이 지금은 평범함의 범주에 점점 더 가까워지는 세상이 되어간다. 그래도 내 딸은, 내 딸만큼은 우리가 살아온 그 평범한 상식적이고 보편적인 삶의 테두리 안에서 살아갔으면 했다. 특별함보다는 보통의 사람들이 살아가고 있는 그런 삶을 선택해주기를 원했다. 그 첫 번째의 조건인 딸의 남자가 있음을 알게 되었다.

당연함과 안도감 그리고 딸을 키우며 처음으로 섭섭함과 서운함도 느껴졌다. 이내 긴장감도 발현되었다. 어색하고 부자연스러운 며칠을 보내야 했다. 가급적 딸에게는 그 남자에 대한 질문을 하지 않았다. 스스로 말해주기를 기다렸다. 이름 나이 직업 집안 등 정말 궁금하고 알고 싶은 것도 많았지만 관심 없는 척, 네가 선택하였으니 너의 선택을 아버지는 믿는다, 그렇게 보이고 싶었다. 많은 것을 알아내어 딸의 선택이 잘못되었고 이 남자는 안 된다는 최악의 상황은 생각하고 싶지 않았다. 어쩌면 아버지의 방관이 아닐까 하는 고민도 참 많이 하였다. 딸의 남자가 궁금하였다. 그래서 나는 아내와 제 동생들을 통해 다양한 정보들을 수집할 수 있었다. 딸의 선택을 믿고 싶었고 그 선택에 힘을 실어주고 싶었다.

딸의 남자가 있다. 아버지는 딸의 남자에게 딱 두 가지만 확인하고 싶었다. 하나는 지금까지 살아오면서 세상과 사람들로부터 원망과 지탄받을 일을 하지 않았으면 했고 앞으로도 그런 삶을 살아갈 수 있는 성품과 의지를 지녔으면 했다.

또 하나는 신체적 이유가 아닌 정신적 문제로 약속과 다짐을 실천하지 않거나 게으르지 않아야 하며 거짓말하지 않았으면 하는 것이었다.

기쁘면서도 왠지 서운한 이 마음은 아버지라서 그럴까? 결혼, 내 딸을 누군가가 데려가는 것이 아니라 내 딸이 누군가를 선택하여 새로운 삶의 세상으로 그와 더불어 가는 것이다. 그럼에도 내 마음은 참 복잡미묘하다.

큰 관심과 조용한 탐색 – 심란스럽다

딸의 남자에 대한 관심이 많은 만큼 탐색의 폭과 깊이도 점점 커져만 갔다. 과연 어떤 사람일까, 아버지의 마음은 긍정적이고 유쾌한 상상으로 그 남자를 탐색하고 있었다. 밝은 연상작용으로 내 딸의 좋은 남자가 되어주길 바랐다. 아버지를 대신하여 아버지처럼 언제 어디서든 내 딸을 지켜주고 보호해주기를 원했다. 딸의 곁에 나를 대신하여 누군가가 있다는 든든함과 함께 과연 내 딸의 수호신이 되어줄까, 아니면 방관자 내지 훼방꾼은 되지 않을까 하는 마음은 나의 의지와 상관없이 하루 종일 나를 따라다녔다. 데이트 폭력과 같은 흉측한 사건 사고들을 보고 들을 때마다 아버지는 내 딸을 지켜야 된다는 사명감과 책임감에 그 남자에 대한 탐색을 게을리할 수 없었다. 그것이 딸을 가진 아버지의 본능이다. 관심만큼 감시도 딸에 대한 당연한 아버지의 의무라고 생각했다. 수시로 딸의 안부를 묻는 전화와 카톡을 불쑥불쑥 던졌다. 아버지이기에 딸의 단어와 보내온 이모티콘만으로도 그 상태를 어느 정도 짐작하고 유추해 볼 수 있었다. 지금은 그저 딸의 남자다. 큰 관심만큼이나 아버지로서의 탐색과 감시도 소홀하지 않았다. 탐색과 감시가 꼭 나쁜 의미만은 아니다. 관심이 있기에 탐색도 하고 감시를 하는 것이다. 지금은 딸의 남자이지만 곧 우리의 가족이 될 사람이다.

묵묵히 기다렸다. 궁금하고 확인해보고 싶었지만 아버지는 딸의 마음과 생각을 존중하기로 했다. 아버지는 가끔 카톡으로 아버지의 마음을 딸에게 보냈다. 잘 있지? 별일 없지? 이 두 가지면 충분했다. 딸은 온 가족 친지들로부터 많은 관심을 받고 있다. 딸이 아닌 딸의 남자에 대해 더 많은 정보를 알고 싶어하였다. 가족이기에 당연하다. 하지만 뭐든지 지나치면 문제가 된다. 아버지는 그러한 중간역할도 해야 했다. 딸을 위해서 꼭 필요했다.

딸의 남자도 아버지가 될 것이다. 남자는 남자다움이 있어야 한다. 아버지 역시 아버지다움이 있어야 한다. 그것은 희생과 헌신, 배려와 책임이다. 여자와 어머니는 그렇지 않아도 된다는 것은 결코 아니다. 가정과 가족을 지키는 든든한 울타리와 방패, 남편과 아버지의 역할이 반드시 필요하다. 딸의 남자도 그런 사람이라 믿었다.

그럼에도 아버지는 점점 리암니슨이 되어 가고 있었다. 결혼식 그날까지 참으로 심란스럽다.

내 딸을 지켜라!

수긍과 어색한 혼란스러움 - 혼돈

드디어 결정이 되었다. 딸의 판단과 결심이 끝났다. 모든 것들을 받아들여야 했다. 아마도 태어나 가장 크고 힘든 결정을 하였을 딸이다. 혼자서 수많은 가정과 상상 그리고 고민도 하였을 터이다. 홀로 마음고생도 하였을 것이고 완전하고 영원한 행복을 위한 번민의 시간도 이겨냈으리다. 곁에 있다면 등이라도 도닥도닥 두드려주고 싶었다. 서로가 서로의 현명함과 지혜로움을 믿고 결정을 하였으리라. 딸은 그 남자를 선택하였다. 물론 그 남자도 내 딸을 선택하였다. 아버지는 딸의 그러한 과정과 결정을 존중하고 싶었다. 딸의 인생이다. 자신의 선택에 대한 책임도 고려하고 결정하였을 것이다. 가족에 대한 고민도 하였을 터이다. 아버지는 딸의 결정에 수긍하였지만 온종일 어색한 혼란스러움을 겪어야 했다. 난생 처음 느끼고 경험해보는 감정의 회오리에 정신이 혼미해졌다. 딸이 결혼을 하기로 했다. 딸도 처음이고 아버지도 이런 경험은 처음이다. 그래서 많은 감정들과 대화를 나누어야 했다. 딸을 시집보내는 가상이 하나 둘 현실화되기 시작한 첫날이었다. 두근거림과 불안함 환희와 서글픔 등 아버지의 마음은 그랬다. 결혼식 날짜와 장소, 청첩장, 상견례 등 신부가 되기 위한 많은 과정과 절차들을 생각하니 마음이 무거웠다. 어느 것 하나 아버지가 대신해 줄 수 있는 것이 없다. 그저 바라보고 간절히 기원할 뿐이다.

딸의 결혼 소식, 부모의 가슴에는 참으로 많은 감정들이 한꺼번에 들이닥쳤다. 마음을 종잡을 수 없었다. 결혼에 필요한 돈은 어떻게 마련하고 있을까? 아내 몰래 딸에게 물어볼까? 예식은 어디서 하는 걸까? 그래도 우리 딸이 주인공인데 아름다운 드레스를 입었으면 좋겠다. 아버지는 이 수많은 질문에 어느 것 하나 자신 있게 대답을 못 하였다. 딸도 아버지처럼 그랬을까? 다 해주지 못하고 더 많이 줄 수 없는 아버지는 자책으로 스스로를 원망하고 있었다.

내가 결혼하여 이룬 가정과 가족처럼 이젠 우리 딸의 가정과 가족도 탄생할 것이다. 기대되고 행복한 상상이지만 결코 어느 것 하나 쉽고 수월한 것이 없다는 것을 아버지는 누구보다 잘 알고 있다. 그것들을 오롯이 딸이 해야 한다. 잘해야 할 텐데......

딸의 결혼 결심, 생소한 두근거림과 어색한 혼란스러움에 몸이 휘청거렸다. 머릿속에는 많은 생각들이 모빌처럼 빙빙 돌고 있었다. 딸의 결혼이 확정되었다. 딸의 남자가 결정되었다. 기쁘면서도 슬펐다. 슬프면서도 기뻤다. 그것이 그날 내가 느꼈던 솔직한 감정이었다. 참 혼란스러웠다.

아주 황망한 시간의 연속이었다. 아직은 실감이 나지 않는다. 아버지
는 생소한 혼돈에 빠져있다.

상견례, 그 떨림과 긴장의 여운 - 도근도근

딸의 남자를 만났다. 그 남자의 가족들도 만났다. 공식적인 첫 만남이다. 기다란 테이블을 가운데로 가족과 가족이 서로의 얼굴을 마주 보고 앉았다. 며칠 동안 가슴속 저 밑에 정체되어있던 긴장과 떨림이 스멀스멀 올라오고 있었다. 이 상태로 음식을 먹을 수나 있을까 싶었다. 딸 가진 아버지라서 그럴까, 더 긴장이 된다. 말 한마디 잘못 할까 두렵고 행동 하나하나가 신경 쓰였다. 직장생활하면서 크고 작은 회의나 행사에 참여해보았지만 이토록 어려운 자리도 없었던 것 같다. 장소와 음식은 딸과 그 남자가 결정하였다. 부모의 어려운 숙제를 해결해 준 것 같아 고마우면서도 오늘같이 중요한 날을 아이들에게만 던져놓았나 하는 후회도 조금 있었다. 이런 날은 그저 tv나 영화에서만 보았고 그저 남의 경험담으로만 들었었는데 막상 내가 이 자리에 앉고 보니 말로 표현하기 어려운 감흥들이 온몸에서 용솟음쳤다.

상견례, 결혼 전 양가 식구가 만나 서로 대면하고 인사하는 것이다. 상견례 자리는 어쩌면 양가 부모님의 합의에 따른 최종 혼인승낙의 의미도 있다. 그만큼 중요하고도 기쁜 날이다.

눈과 귀가 매우 분주하였다. 딸의 남자 표정과 손짓 하나까지 스캔해 두었다. 사돈 내외분의 모습과 목소리는 나의 마음을 너무나 편안하게 해주었다. 인자하고 자애로움이 느껴졌다. 서서히 몸 밖으로 나갔던 마음의 안정이 돌아오고 있었다. 딸의 선택은 최고였다. 지금 이 순간만큼은 가족 모두 행복하였다. 아버지는 비로소 또 한 번의 과정을 이겨냈다. 새로운 삶의 순간을 잘 받아들였다.

단지 아쉽고 안타까운 것은 이 귀하고 맛있는 산해진미를 제대로 다 경험해보지 못하였다는 것이다. 아깝다는 생각이 좀처럼 사라지지 않았다. 며칠을 그랬다. 상견례 할 때는 가급적 많은 종류의 음식보다는 몇 가지 대표적인 식사를 준비한다면 좋을 것 같다. 소화가 용이하고 손이 많이 가지 않는 그런 메뉴 선택이 좋을 듯하다. 모두가 처음이고 조금은 어려운 자리이다 보니 누구 하나 마음껏 음식을 먹지 못하는 상황의 특수성을 고려하여 장소와 메뉴를 결정하였으면 한다.

상견례, 처음으로 새로운 가족들의 얼굴을 보고 목소리를 듣는 귀한 자리이다. 격식과 형식이라는 어려움보다는 서로가 서로를 편안하게 해주는 단란한 가족모임의 자리가 되었으면 한다. 물론 쉽지 않은 일이다. 그리고 첫 만남의 자리에서는 가급적 혼수와 결혼비용 등 금전적인 문제는 언급을 하지 않는 것이 좋을 듯하다. 무엇을 누군가를 확인하고 점검

하기 위한 자리가 아니다. 가족이 되기 위한 가족 모임의 자리다. 그날 양가에서는 부모님과 형제자매가 참여하였다.

나는 지금도 그날의 그 식당 이름과 어떤 음식을 먹었는지 전혀 기억을 하지 못한다. 그날을 떠올리면 여전히 긴장과 떨림의 여운이 진동처럼 느껴진다.

상견례, 사람이 느껴볼 수 있는 모든 감정들을 그날 다 경험해보았다.

과거와 현재 그리고 미래로의 초대장, 청첩장
– 감격스럽다

청첩장이 나왔다. 내가 지금껏 세상에서 받아본 그 무엇들보다 가슴 뭉클한 것이었다. 나와 아내의 이름이 인쇄된 겉봉투를 한참이나 쳐다보았다. 많은 생각과 느낌에 싫지 않은 두근거림까지 시작되었다. 직장생활 34년 동안 수없이 받아본 남의 청첩장. 이제는 나의 청첩장이다. 하루 온종일 청첩장만 보고 또 보았다. 종이와 모바일 두 가지다.

딸과 딸의 남자가 멋있는 포즈로 찍은 사진이 있고 그 아래로 나와 아내의 이름 뒤에 장녀 OOO이라고 적혀 있었다. 감격, 감동 그 이상의 설렘과 가슴 두근거림이 있었다. 정말 신기하였다. 좋음과 행복함 뒤에는 아버지만의 허전함과 쓸쓸함도 있었다. 아빠, 저 이제 시집가요, 우리 딸이 진짜 시집을 간다. 좋으면서도 참 가슴이 아리다. 내 결혼식 청첩장은 어떻게 생겼는지 기억조차 없다. 누구누구의 장녀라는 문구에서 좀처럼 눈이 떨어질 줄 모른다. 그리고 그 위에 누구누구의 장남이라는 딸의 남자 이름도 보았다. 본능적으로 그 남자의 부모님 이름을 조심스럽게 불러보았다. 그리고 간절히 기도했다. 부디 내 딸 잘 부탁드립니다. 딸처럼 사랑해 주십시오, 몇 번을 되뇌었다. 여러 사람들의 이름과 얼굴들을 기억해내기 시작했다. 나만큼이나 내 딸의 결혼식을 기다리고 반가워해 줄 지인들을 하나둘 떠올려 보았다. 늘 받기만 했던 청첩장을 이젠 나도 누군가에게 보내고 내밀게 되었다. 이 청첩장 하나에 우리 가족의 과거와 현재 그리고 미래가 수북하게 담겨 있는 것 같았다. 딸이 보내온 기쁨과 눈물의 초대장이었다.

그날 아버지는 텅 빈 딸의 방을 둘러보았다. 딸이 참 보고 싶어졌다. 이제 시집가버리면 아버지라고 함부로 부를 수도 찾아갈 수도 없으니 이 난감함을 어찌할꼬 싶었다. 내 딸이지만 이제부터는 내 딸처럼 할 수 없는 처지가 되었다. 빈방에 홀로 앉아 학교 졸업앨범, 아이들에게 만들어 준 사진첩 등을 열어보았다. 아버지의 마음속에는 아직도 저 사진 속의 어린 아이처럼 남아있는데······

딸의 청첩장은 나를 과거로의 시간여행으로 데려다 주었다. 딸과의 시간과 공간에는 참 많은 기억과 추억들이 아직 그대로 그곳에 있었다. 가슴으로 안고 등에 업힌 딸의 모습이 아련하다. 잘 자라주어 고맙다. 반듯하고 예쁜 네가 내 딸이라는 것이 너무나 감사하구나.

대견하고 고마웠다. 당당한 자신의 삶을 선택하여 시작하려는 딸이!!!!

이제 얼마 지나지 않으면 나는 난생 처음으로 딸의 손을 잡고 행진을 할 것이다. 서로가 모두 처음 가보는 길이다. 아버지는 아버지가 없더라도 우리 딸이 늘 지금처럼 꽃길만 걸어가길 소원할 것이다.

청첩장, 딸의 행복을 약속해주는 고마운 편지 같았다.

친정아버지가 되다 - 하잔하다

　나도 꽤나 유교적이고 보수적인 삶을 살아왔었다. 그토록 원망했던 아버지의 삶을 흉내 내며 살고 있었다. 아버지의 방식을 그대로 따라 하고 있었다. 막상 딸을 시집보내려고 하니 아버지로서의 미안함과 아쉬움이 크다. 혹여나 딸이라서 소홀하였거나 무심하지는 않았는지 기억 하나하나를 확인해 보았다. 나도 결국 내 아버지처럼 살고 있지 않았던가하는 후회가 밀려왔다. 후회는 꼭 반성의 기회조차 주지 않을 만큼 촉박하게 다가온다, 그래서 더 아픔이 쓰라리고 오래간다.

　드디어 오늘이다. 살아가면서 오지 않는 그 날은 없었다. 어젯밤은 쉽게 잠을 이룰 수 없었다. 많은 생각들은 끝없이 나에게 질문을 던졌다. 회한과 아쉬움들이 벌떼처럼 달려들어 아예 숙면을 빼앗아 가버렸다. 아버지는 밤새 딸의 행복만을 빌고 또 빌었다. 나이 든 아버지는 이제 할 수 있고 해줄 수 있는 것이 점점 줄어든다. 할 수 없고 해서도 안 되는 것들만 하나씩 늘어난다. 딸이 어른이 될 때 아버지는 노인이 되어있었다. 그래서 더 슬프고 안타깝다. 나는 여전히 딸에게 산과 같고 기댈 수 있는 언덕이 되는 아버지고 싶기 때문이다.

댓바람부터 긴장감에 어지러움이 느껴진다. 오늘은 아버지에서 신부 아버지가 된다. 딸이 평생 행복하게만 살 수 있다면 어디든 못 가겠는가? 나 혼자 딸을 대신하여서라도 그 길로 가고 싶다. 누구나 처음은 어렵고 힘들다. 나도 신부 아버지는 처음이다. 우리 딸도 신부는 처음이다. 그렇지만 그래서 새로움에 대한 기대와 희망에는 즐거움과 행복함도 있었다.

신랑 입장이 끝났다. 이젠 긴장감과 다툴 힘도 없다. 그저 앞만 멍하니 바라보고 있었다. 이제 한 걸음만 더 옮기면 내 딸은 시집을 간다. 행여나 딸의 손을 놓칠까 싶어 오른손으로 딸의 손등을 살포시 감쌌다. 딸을 한번 바라보고 싶었다. 왠지 지금 하지 않으면 영영 딸을 못 볼 것 같다는 강박감이 나를 자꾸 부추겼다. 하지만 그럴 수 없었다. 혹시라도 아버지의 주책없는 행동이 딸의 마음에 흔들림을 줄까 두려웠다. 딸의 어릴 적 기억들이 눈 앞을 획획 지나갔다.

신부 입장, 사회자의 목소리가 들려왔다. 이젠 가야 한다. 아버지는 아버지도 처음 걸어보는 길을 내 딸의 손을 잡고 간다. 천천히 천천히 갔다. 혹시라도 딸의 드레스를 밟지 않을까 하는 걱정에 온몸에 잔뜩 힘이 들어갔다. 아버지가 갈 수 있는 곳까지 다 갔다. 조금 더 같이 갔으면 하는 미련이 남았다. 그러나 아버지는 여기까지다. 마치 영원히 돌아올 수 없는 곳으로 가는 것도 아니건만 왜 그렇게 가슴이 먹먹했을까? 딸의 손을 놓아야 한다는 두려움과 허망함에 점점 앞이 캄캄해졌다. 마치 영원한 이별이라도 하는 것 마냥 치밀어 오르는 슬픔에 발목이 턱턱 걸려 넘어질 것만 같았다. 이제는 딸의 손을 놓아주어야 한다. 정말 마음이 아팠다. 왜 그렇게 허전하고 막막했을까? 딸이 떠났다. 멀뚱히 딸의 뒷모습만 바라보고 있었다.

딸이 딸의 남자와 서 있다. 아버지는 빈손으로 돌아서서 혼주석으로 갔다. 딸은 신부가 되었고 아버지는 친정아버지가 되었다. 나이 탓일까? 제 눈물 하나 제대로 감당 못하고 주책없이 눈물을 훔쳤다. 이제부터는 얼마를 기다려야 내 딸을 만날 수 있을까? 방학도 휴가도 없는 시집이라는 곳으로 간 딸을 기다리는 아버지는 이제부터 하염없는 기다림이 삶의 또 다른 에너지가 될 것 같다.

친정아버지는 시집 간 딸의 소식 하나에 함박웃음을 또 하나에는 눈물방울을 가슴에 매달고 살 것이다. 딸을 시집보낸 모든 아버지들에게는 무소식이 희소식이 아니라 소식이 곧 세상 최고의 행복일 것 같다.

出嫁外人이라고 했다. 시집 간 딸은 가족이 아니라 남이나 마찬가지다. 조선 시대의 이야기다. 지금은 조선 시대가 아니다. 그러므로 지금은 시집 간 딸이 남도 아니고 당연히 여전한 내 가족이다. 조선 시대가 出嫁外人이었다면 지금은 出嫁如人이다.

딸이 결혼을 하였다. 아버지의 삶은 서서히 용해되어가는 시간이다.

참으로 하루가 하잔하였다.

● 하잔하다 : 주위 따위가 텅 빈 것 같은 외롭고 쓸쓸한 듯한 느낌

부록

결혼

    사람에게는 저마다 세상을 살아가며 오로지 단 한 번뿐인 것들이 있다. 태어난 날을 기념하는 생일, 초등학생이 된 날 중학교를 졸업한 날, 고등학교와 대학교, 그리고 부부가 된 결혼기념일 등이 그렇다.

    물론 어쩔 수 없는 경우와 사정으로 그렇지 않은 사람들도 더러 있다. 그러나 대개의 사람들에게는 모두 다 공통되고 일반적인 한 번씩의 그 날들을 갖게 된다. 아무리 오래 살아도 내 마음대로 두 번 세 번 할 수 없는 것이 세상살이다.

    결혼도 마찬가지다. 결혼은 한번 하는 것이 상식이고 사회적 통념에도 맞다. 하지만 지금은 세상이 변해서 결혼도 두세 번 하는 사람도 더러 있다. 결코 나쁘거나 잘못됐다는 것은 아니다. 오히려 진정한 사람과 사랑을 찾아 제대로의 행복을 누리는 사람도 있다. 하지만 아직 우리 사회에서는 여전히 이혼에 대해서는 그리 관대하지는 않은 것 또한 사실이다. 물론 그 이유와 사연에 따라 이해하고 수긍할 수 있는 사례도 많다.

국어사전에서 결혼이라는 단어를 찾아보았다.

결혼(結婚) 남녀가 정식으로 부부 관계를 맺음이라고 되어있다.

물론 우리나라 헌법에 결혼은 평생에 단 한 번만 허락된다는 조항은 없다. 그렇다고 여러 번 해도 된다는 말 역시도 없다.

우리가 가장 일반적으로 사용하는 결혼이라는 단어 외에도,

가취 嫁娶 취가 娶嫁 시집가고 장가듦.

성가 成家 결혼하여 한 가정을 이룸.

성쌍 成雙 성혼 成婚 혼인이 이루어짐. 또는 혼인을 함.

성례 成禮 혼인의 예식을 지냄 등의 단어들이 있다.

단어에서 보듯 결혼이란,

남녀가 부부의 관계를 맺기 위해 시집 장가를 들어 한 가정을 이룬다는 의미다. 결혼은 단순히 사랑의 감정을 계속 이어가기 위한 형식적 절차가 아니다. 결코 사랑의 완성도 아니다. 어쩌면 결혼이 진정한 사랑을 위한 새로운 시작일 수도 있다. 사랑의 완성을 위한 그 처음의 날이 바로 결혼식이다. 세상에서 가장 아름다운 두 사람의 가장 아름답고도 숭고한 약속과 맹세의 의식이 결혼이다.

그렇다면 결혼은 언제 할 수 있을까? 이것은 법령에 의해 그 연령이 정해져있다.

우리나라는 만18세 이상이면 혼인을 할 수 있다. 그 이전이라도 부모나 후견인의 동의를 받으면 혼인을 할 수 있다.

대한민국 민법 제807조는 혼인적령에 대한 민법 조문이다.

제807조(혼인적령) 만 18세가 된 사람은 혼인할 수 있다.

민법상 연령 제한을 둔 이유는 육체적 정신적 경제적으로 미성숙한 상태에서의 결혼이 조기 출산으로 인한 건강 문제를 야기할 수 있고 교육받을 권리 및 경제적 빈곤을 가져올 수 있다는 취지에서 혼인의 연령을 제한하였다.

또 일반적으로 여성 쪽의 심신 발달이 남성보다 빠르고, 낮은 연령에서 결혼하거나 출산하는 예가 실제로 존재함에 따라, 여성의 혼인 연령을 남성보다 빠르게 규정한 입법례도 있어왔다. 과거에는 남자는 만18세, 여자는 만16세 이상이었지만 지금은 남녀 구분 없이 만18세로 규정되어 있다.

한편 외국의 경우 독일 프랑스 스웨덴 노르웨이 이탈리아 스페인 등은 남녀 모두 18세로 결혼 연령을 제한하고 있으며 남녀 간 차이도 없다.

결혼 연령에 남녀 간 차이를 두는 나라는 중국과 일본으로 중국은 남자 22세 여자 20세로, 일본은 남자 18세 여자 16세로 규정하고 있다. 일본도 1996년 남녀 모두 18세로 하는 민법 개정 요강안을 마련한 바 있다.

그렇다면 결혼은 법적 나이만 되면 아무나 누구나 할 수 있는 것일까? 이 또한 법으로 결혼이 금지된 사항이 있다.

우리나라에서는 민법으로 가족끼리의 결혼을 금지하고 있다.

그러나 9촌 이상의 가족이라면 결혼을 할 수 있는데 민법상으로 8촌까지의 가족끼리만 금하고 있기 때문이다.

8촌이라고 함은 친가 쪽으로 8촌, 외가 쪽으로 8촌의 가족을 뜻한다. 즉, 친가 쪽으로 9촌이나, 외가 쪽으로 9촌이 되어야 우리나라에서는 법적으로 결혼이 성립된다.

결혼은 자신의 선택이지만 어느 정도 나이가 들면 부모와 가문 그리고 사회적 통념에 의해 지속적인 압박과 회유 강요를 받게 된다. 결혼을 인간의 필수의무조건으로 생각하는 사람들이 아직은 많은 것 같다. 부모들은 내 자식이 결혼해야만 진정한 어른이 되어 삶의 자립과 독립을 이루었다고 인정한다. 비로소 부모의 큰 역할 하나를 마쳤다며 안도하기도 한다. 부모는 자녀의 결혼으로 자신들의 책임을 다하였노라 사람들에게 말하고 자랑하기도 한다. 과거에는 부모를 위해 결혼을 한 슬픈 사연들도 많이 있었다.

세상이 변하고 사람들의 의식도 변했다. 이제 결혼은 의무와 당연한 것이 아닌 선택과 자유로움이 되었다. 결혼의 연령도 점점 늦어진다. 여러 이유가 있지만 결혼에 대한 스스로의 결정이 그만큼 어려워지고 복잡해진다는 것이다. 유쾌한 일은 아니다. 개인이나 사회 모두에게.

결혼, 해도 그만 안 해도 그만이라고 한다. 그렇다면 실패하지 않는 결혼 좀 더 확실한 행복한 부부가 되기 위해서는 어떻게 해야 할까?

결혼은 사람과 사람과의 그 기한이 정해지지 않은 관계다. 내가 아무리 믿고 사랑하는 사람일지라도 그 사람의 감추어진 속마음과 성품까지는 다 알 수가 없다. 그래서 더 신중하고 섬세해야 한다. 즉흥적 감성보다는 지속적인 관찰과 여러 상황들에 의한 이성적인 판단이 반드시 필요하다.

그렇기에 결혼은 서로가 서로를 꼼꼼하고 세세히 살펴볼 필요가 있다. 행복한 결혼은 1시간 남짓이지만 행복한 부부로서의 시간은 내 삶의 70% 정도다. 그러므로 살다가 후회하고 눈물짓는 것보다는 살기 전 확실하게 따져보고 물어보고 확인하자. 그래야 실패하지 않는 결혼을 할 수 있다.

결혼하여 부부로 산다는 것은 가장 나다웠던 내가 나답지 않은 언행도 부끄럼 없이 해야 하고 때로는 나다움을 포기해야 할 때도 있어야 한다.

결혼은 어느덧 이혼 재혼도 모자라 재재혼 삼혼 사혼 오혼까지, 결혼이 회사를 떠나는 이직처럼 쉽고 자연스러운 현상이 되어간다. 평생직장이 사라지듯 평생 부부도 점점 퇴색되어가는 것 같아 많이 아쉽다.

결혼, 결코 쉽고 간단한 결정이 아니다. 그래서 더 신중하고 어려운 결정이 되어야 한다. 결혼은 나 혼자만의 기쁨과 슬픔이 아닌 우리 가족 모두의 기쁨과 슬픔도 되기 때문이다.

결혼기념일

결혼을 하게 되면 부부가 되고 부부가 되면 부부만의 의미 있는 기념일을 하나 선물 받는다. 결혼 후 처음으로 두 사람이 그날의 의미를 두고 함께 보낼 수 있는 기념일이 생기게 된 것이다. 세상에서 가장 로맨틱할 수 있는 우리들만의 날이다.

물론 세상의 모든 부부들이 그날을 기념하며 지내는 것도 아니다. 이런 날이 있는지조차 모르는 사람도 많이 있다. 하지만 부부가 되기 전에는 무심코 지나쳐버린 날들이 부부가 됨으로써 좀 더 의미를 두고 맞이할 수 있는 날들이 있다는 것은 꼭 기억했으면 한다.

그것은 바로 부부의 날과 결혼기념일이다.

먼저 부부의 날이다.

부부관계의 소중함을 일깨우고 화목한 가정을 일궈 가자는 취지로 제정된 국가의 법정기념일이다.

2003년 12월 18일 민간단체인 '부부의 날 위원회'가 제출한 '부부의 날 국가 기념일 제정을 위한 청원'이 국회 본회의에서 결의되면서 2007년에 법정기념일로 제정되었다. 날짜는 해마다 5월 21일이다. 5월 21일에는 가정의 달인 '5월에 둘(2)이 하나(1)가 된다'는 뜻이 들어 있다.

부부의 날은 1995년 5월 21일 세계최초로 우리나라 경남 창원에서 권재도 목사 부부에 의해 시작된 것으로, 기독교를 중심으로 기념일 제정 운동이 전개되었다. 제정 목적은 부부관계의 소중함을 일깨우고, 화목한 가정을 일구는 데 있다. 다시 말해 부부의 날은 핵가족시대의 가정의 핵심인 부부가 화목해야만 청소년 문제 · 고령화 문제 등 각종 사회문제를 해결할 수 있다는 생각에서 출발한 법정기념일이다. 그러나 모두가 다 쉬는 공휴일은 아니다.

또 하나의 기념일은 바로 결혼기념일이다. 오로지 결혼을 한 부부들만 가질 수 있는 아름다운 기념일이다. 살아가며 결혼한 그 날을 잊지 않고 기억하며 또 한 번 그때 그 날의 의미를 되새겨 볼 수 있는 날이다. 부부로서 지내온 시간들을 동화책처럼 꺼내 서로 읽어주며 오늘을 부부의 또 다른 새로움의 첫날로 활용할 수도 있다. 반성과 약속 그리고 맹세로 부부의 사랑에 다시 뜨거운 불을 지필 수 있는 좋은 기회의 날이기도 하다. 결혼기념일을 잘 활용하여 부부가 새로운 사랑을 시작한 이야기도 많이 있다. 또 한번의 프로포즈의 기회이기도 하다.

우리나라의 전래 의식으로 회혼례(回婚禮)가 있고, 서양의 풍속에서는 결혼한 뒤의 햇수에 따라 1년 후에는 지혼식(紙婚式), 5년 후에는 목혼식(木婚式), 10년 후에는 석혼식(錫婚式), 25년 후에는 은혼식, 40년은 녹옥혼식(綠玉婚式), 45주년 홍옥혼식(紅玉婚式), 50년에는 반백의 세월을 서로 함께하여 서로가 금같이 귀한 존재라는 의미의 금혼식 따위가 있다. 60~70주년은 금강혼식(金剛婚式)이라고 한다.

이밖에도 30주년은 진주혼식(眞珠婚式) 20주년은 자기혼식(磁器婚式) 또는 도혼식이라고 한다. 결혼 15주년은 동혼식 또는 수정혼식(crystal wedding, 水晶婚式) 결혼 10주년은 석혼식(錫婚式) 그리고 35주년을 산호혼식(珊瑚婚式)이라고 하며 부부가 서로 산호로 된 선물을 주고받는다고 한다.

결혼기념일의 종류와 의미

1주년 지혼식(紙婚式) 서로에게 종이로 된 선물을 나눈다. 책이나 그림, 사랑의 편지. 종이에 글자도 마르지 않은 아직은 초보 부부

2주년 고혼식(藁婚式) 면혼식(綿婚式) 지푸라기 구멍으로도 의사소통이 이루어지는 단계.

3주년 과혼식(菓婚式) 당과혼식(糖菓婚式) 열매가 맺힐 정도의 기간을 함께 삶.

4주년 혁혼식(革婚式) 피혼식(皮婚式) 생가죽을 맞대고 살고 있음. 가죽제품 선물.

5주년 목혼식(木婚式) 나무를 심어 키우고 있는 정성. 나무제품 선물.

7주년 화혼식(花婚式) 정성을 들여 나무에 드디어 꽃이 핌. 꽃 선물.

10주년 석혼식(錫婚式) 놋쇠그릇에 녹이 날 정도의 세월을 함께함. 놋쇠제품 선물.

12주년 마혼식(麻婚式) 한여름에 삼으로 짠 옷을 입으니 의사소통이 한결 시원한 사이가 됨.

졸혼 유감

내가 결혼할 때만 해도 세상에 이런 단어는 없었다. 졸혼이란 결혼생활 즉 혼인의 관계를 졸업한다는 뜻이다. 법적인 효력은 없다. 그 방법이나 절차 따위도 없다. 어디 관청에 신고하거나 하는 번거로움도 없다. 부부의 합의나 아니면 어느 일방의 선언만으로도 가능하다. 졸혼은 지극히 개인적인 판단이다.

졸혼은 부부가 법적인 절차와 판결에 따라 이혼하지 않은 채 서로 간섭하지 않고 독립적으로 살아가는 것을 말한다. 선뜻 이해하기 어렵다. 이들은 여전히 부부인가? 부부가 아닌가?

일본 작가 스기야마 유미코가 쓴 책 졸혼시대라는 책이 세상에 나오면서부터 졸혼이라는 단어가 사용되었다. 세상의 변화에 따라 새로운 현상 새로운 단어들이 생겨나는 것은 누구도 막을 수 없는 자연스런 현상이다. 하지만 졸혼이라는 단어까지 생겨날 줄은 몰랐다. 문득 권태기라는 말이 생각난다.

　부부가 결혼한 뒤 어느 정도 시간이 지나 권태를 느끼는 시기라고 정의하고 있다. 여기서 권태라는 뜻은 어떤 일이나 상태에 시들해져서 생기는 게으름이나 싫증이라고 되어있다.

　결혼하여 부부가 되었는데 어느 정도 시간이 지나니 상대가 하는 일이나 상태가 마음에 들지 않아 상대에 대한 내 마음이 시들해진다는 것이다. 그렇다면 시간이 원인일까? 그 상대가 원인일까? 처음부터 그렇게 마음에 들지 않았다면 왜 결혼을 하였을까? 이렇게 될 줄 몰랐단 말인가?

　권태기는 부부가 서로 극복하고 치유할 수가 있다. 그런데 졸혼은 아예 서로가 서로를 쳐다보지도 않고 다른 공간으로 나뉘어 산다는 것이다. 이것이 이혼과 다른 것이 무엇일까? 무늬만 부부로 살겠다는 조금은 이기적인 생각이 아닐까? 그 자녀들과 가족들의 마음도 고려해 보았을까? 명절 때 어머니 집 아버지 집을 찾아가야 하는 곤혹스러움마저도 그동안 부모로 고생했다는 이유만으로 이해받길 원한다.

　결혼이라는 가장 성스럽고 존엄한 인간관계마저도 세상의 변화에 너무나 쉽고 수월하게 임의적으로 결혼의 끝과 마지막을 단정해버린다. 결혼에는 의무 당연의 마침표와 졸업 따위는 없다. 부부의 유효기간도 없다. 결혼생활의 끝은 곧 부부생활의 끝이기도 하다. 서로가 간섭하지 않고 독립적 공간에서 따로 살아가는 것이 어찌 부부의 관계인가? 처음부터 이러려고 결혼을 하지는 않았을 것이다. 살다보니 살아보니 더 이상은 아닌 것 같다 그래서 결혼의 졸업을 하겠다. 어떻게 보면 굉장히 합리적이고 현실적인 대안 같다. 어쩌다 부부의 관계마저 학교의 학생처럼 졸업을 하는 세상이 되었을까? 졸혼은 굳이 말하면 졸업이 아니라 자퇴인 것이다. 스스로 학교를 뛰쳐 나가는 행위와 같다고 생각한다. 혼자가 편하고 좋다면 처음부터 혼자의 삶을 선택했어야 했다. 부부의 의미는 함께하는 것이다. 상대가 없는 부부는 부부가 아니다.

졸혼은 우리와 세상이 만들어낸 권태기의 새로운 변종이다. 앞으로 또 어떤 변이들이 생겨날까 두렵다. 이러다 앞으로 결혼식에서는 오늘부터 30년 동안만 부부로 살다 졸혼하기로 한다. 이런 선언이 나오지 않을까 걱정된다.

신랑 입장에 대한 유감

신부 입장은 두 사람이 한다. 아버지와 딸이 함께다. 모처럼 집에 내려왔다가 새벽녘 첫차를 타기 위해 대문을 나서는 딸을 동구 밖까지 데려다주고 싶은 아버지의 마음이다. 집을 떠나는 마지막 걸음까지도 아버지는 딸의 곁을 지키고 싶었다. 버스가 보이지 않을 때까지 발걸음을 옮기지 못한다. 그것이 아버지의 마음이다. 그래서 신부 입장은 늘 아버지가 함께하고 있다. 그런데 신랑 입장은 오로지 신랑 혼자이다. 왜 그럴까?

남자니까 당당하고 씩씩함의 과시일까? 나는 얼마든지 혼자서도 잘할 수 있다는 자기 암시일까? 이유야 어떠하든 나는 지금까지 많은 결혼식을 보면서 한결같이 느낀 의문점 하나, 그것은 신랑 입장에 왜 신랑은 혼자서만 걸어 갈까였다. 그 어떠한 근거나 관련 규정 따위도 없다. 도대체 누가 왜 이렇게 만들었을까? 관례이고 풍습이라면 새롭게 관습을 만들고 새로운 풍습으로 시작하면 되지 않을까?

여자가 아버지의 손을 잡고 입장하는 것을 두고 유교적 관점으로 해석하는 사람도 있다. 유교 문화권에서 쓰이던 여성의 지위와 역할을 명시한 도덕규범 중 하나인데, "결혼하기 전에는 아버지를, 결혼해서는 남편을, 남편이 죽으면 자식을 따라야 한다"는 삼종지도가 바로 그것이다. 여자가 따라야 할 세 가지의 도리라는 의미다.

신랑 입장은 신랑이 어머니의 손을 잡고 입장하자. 이만큼이나 키워준 어머니에 대한 감사를 이제 새로운 삶을 시작하는 이 자리에서 표현하는 것이다. 어머니와의 마지막이 아니라 앞으로도 어머니의 손을 꼭 잡고 가겠다는 의미다. 단상 앞까지 걸어와 어머니에게 그동안 잘 키워주셔서 감사합니다. 행복하게 잘 살겠습니다. 이렇게 인사하면 어떨까 하는 생각을 하였다.

신부는 아버지, 신랑은 어머니와 함께 입장한다면 더 따뜻하고 정겨움이 넘칠 것 같다. 예식장 공간의 제약으로 양가 부모가 다 내 자녀의 손을 잡고 입장할 수는 없으니 신부는 아버지, 신랑은 어머니 이렇게 같이 입장하였으면 한다.

결혼식이 더 뜻깊고 감동적일 것 같다. 아버지는 딸의 손을, 어머니는 아들의 손을 잡고 부부 됨을 축복하는 모습이 보고 싶다. 우리 모두는 어머니의 손을 잡고 세상으로 한 걸음씩 나아갔다. 이제 성장하여 어머니의 손을 놓고도 당당히 걸어갈 수 있을 만큼의 아들이 되었다.

신랑 입장, 멋진 아들과 곱게 한복을 차려입은 어머니의 등장에 하객들은 큰 박수를 보낼 것이다. 신랑에게도 어머니에게도 영원히 간직할 수 있는 좋은 추억과 감동으로 남을 것이며 가족들에게도 정겨움으로 오래도록 기억될 것이다. 어머니의 손을 잡고 자란 내가 이제부터는 내가 어머니의 손을 잡고 함께 가겠다는 의미로 신랑 입장은 어머니와 함께하면 어떨까 싶다.

혼주여행

결혼식이 끝난 신랑 신부는 여행을 떠난다. 오늘부터 부부로서의 미래를 설계하고 함께할 세상과 사람들에 대한 약속과 다짐도 하게 된다. 신혼여행이다. 결혼 준비하느라 힘들었고 결혼식의 긴장과 부담을 떨쳐버리고 세상에서 가장 좋아하는 사람과의 여행이야말로 최고의 힐링이다.

아들과 딸을 결혼시킨 부모님에게는 안도와 함께 허탈함과 공허함만이 떠나버린 아들 딸의 빈자리에 남게 된다. 부모님에게도 결혼준비는 만만치 않은 정신적 육체적 힘듦의 시간이었다. 뭐 하나라도 더 해주고 싶고 누구보다 더 잘해주고 싶은 것이 세상 부모의 마음이고 욕심이다.

막상 떠나버린 내 자식을 생각하면 부모는 늘 아쉬움과 후회라는 감정을 쉽게 떨쳐버리지 못한다. 그래서 어떤 부모님들은 자녀의 결혼식이 끝난 뒤부터 심한 몸살을 앓는 경우도 있다고 한다. 마음의 허탈함과 몸의 무리가 부모를 그렇게 만든다.

나는 생각해보았다. 결혼식이 끝나면 신랑 신부는 신혼여행을 떠나듯이 그동안 고생한 부모님들에게는 혼주여행을 보내드리면 어떨까 생각해보았다. 부모님 그동안 수고 많으셨어요 아버지 어머니와 여행이라도 다녀오세요. 신혼여행 떠나는 신랑 신부나 아니면 가족들이 부모님의 여행을 준비해주면 참 좋을 것 같다.

부모님에게도 마음의 휴식, 생각의 정리가 필요하다. 아버지 어머니에게도 두 분만의 시간을 드렸으면 한다. 자식이 결혼할 즈음이면 부모님은 이제 본격적인 인생의 노년기를 맞이하게 된다. 부모님도 노년이라는 시간은 처음이다. 그 어느 생애보다 노년은 섣불리 예측하거나 장담하기가 어려워지는 시기다. 몸과 마음의 노화가 본격적으로 시작되기 때문이다. 이제 나도 내 삶의 여기까지 왔구나 하며 자신의 나이를 제대로 자각하게 된다. 누구나 늙음은 두렵고 받아들이기 쉽지 않다.

부모님에게도 부모님만의 긴 호흡이 필요하다. 자녀의 혼사를 치르고 난 아버지 어머니에게 단 며칠만이라도 삶의 재충전 기회를 드리자. 장가를 가고 시집을 간 내 아이들에 대한 기억과 추억으로 새로운 삶을 시작하는 그들을 위해 기도하고 응원하는 부모님의 시간은 꼭 필요할 것 같다.

이왕이면 집이 아닌 여행이라는 새로운 환경에서 그렇게 하였으면 좋겠다.우리 아버지 어머니는 획기적 의술의 발달과 다양한 건강 관련 정보는 물론 주기적 건강검진 등으로 우리네 할아버지 할머니세대와는 확연하게 다른 건강을 유지하며 누리고 있다. 굳이 100세대 시대라는 구호를 빌리지 않더라도 부모님의 여행은 얼마든지 가능하리라 생각한다. 그 동기부여가 필요할 뿐이다. 더 늦어지기 전에 자식들 덕분에 우리 부모님도 마음 놓고 편안히 기분 좋게 여행 떠나는 모습을 상상해본다. 더이상 효도여행이라는 이름의 고속도로 위 관광버스로 자식의 도리를 다했다며 스스로의 위안으로 삼지말자.

시간은 언제까지고 우리 부모님을 기다려주지 않는다. 신혼여행과 혼주여행은 세상 최고의 여행이 될 것이다. 이제 혼주여행이 부모님들의 새로운 여행문화로 자리 잡았으면 한다. 나에게는 수많은 여행의 기회이지만 부모님에게는 그렇지 않다는 것을 한 번쯤 생각해보았으면 한다.

결혼식 축사 쓰기

　결혼식 축사란 내 자녀의 결혼식을 찾아 준 하객에게 감사와 축하 그리고 신랑 신부의 행복을 축원한다는 내용으로 작성된 편지나 문서를 말한다. 축사는 우리 가족들만 듣는 것이 아니기에 듣는 청중들 모두가 지루해하지 않고 특정한 단어나 표현에 불편해하지 않도록 신경을 써야 한다. 글은 간략하게 적고 부드러운 말투로 조금씩 유머를 곁들여 작성하여 딱딱해 보이지 않도록 하는 것이 좋다. 또한 너무 지나친 경건함과 엄숙함으로 하객들이 경직되지 않도록 유의하여야 한다.

　축사를 할 때는 정중하게 예의를 갖추어 신랑 신부가 모든 하객들에게 축하를 받을 수 있도록 양가 가족 친지들의 가풍이나 성격 등을 제대로 알고 간결하게 정리하는 것이 좋다. 특히 가족 간의 호칭 이름 나이 등 기본적인 정보 등이 틀리는 실수를 범하지 않도록 꼼꼼히 확인해야 한다.

세상에서 가장 기쁘면서도 조금은 슬픈 결혼식 축사에 유의해야 할 몇 가지를 말하면 다음과 같다.

먼저 자녀의 결혼식을 찾아온 하객들에 대한 예의와 인사를 정중하게 한다.

대개의 결혼식은 주말이다. 기꺼이 자신의 여가 시간을 내어 직접 축하를 하기 위해 찾아온 하객에 대한 혼주로서의 인사는 지극히 당연하다. 귀댁의 경조사도 꼭 알려주시어 오늘의 고마움을 조금이라도 보답하고자 한다는 인사를 축사 말미에 담는 것도 좋다. 혼주의 진정성이 느껴지는 부분이다.

그리고 반드시 주의해야 하고 가급적 축사에 담지도 거론하지 않아야 될 내용이 있다. 그것은 바로 모든 사람들의 마음과 성향이 나와 같지 않기에 정치와 종교에 관한 자신의 견해와 성향은 언급하여서는 안 된다. 아무리 양가의 정치적 성향과 종교가 같더라도 하객 중 어느 한 사람이라도 마음의 불편함을 가지고 돌아가게 하여서는 안 된다.

또한 어려운 고사성어와 영어를 비롯한 외국어의 지나친 등장도 자칫 분위기를 흐리게 할 수 있음에 유의하여야 한다. 결혼식 축사가 자칫 자신의 지식과 교양을 자랑하는 자리가 될 수 있기 때문이다. 결혼식은 내 자녀가 주인공인 자리다.

내가 아버지이니까 하는 마음에 부모로서 지금까지 살아온 자신의 인생 이야기를 너무 장황하게 설명하는 것은 모두에게 힘들고 어려운 시간이 될 것이다. 오늘은 나의 인생 이야기가 아닌 신랑 신부의 이야기가 필요하다.

행사에서 청중이나 하객들이 원하는 것은 간결하고도 짧은 것이다. 너무 긴 축사는 하객과 신랑, 신부에게도 부담이 될 수 있기 때문에 간결하게 작성하는 것을 추천한다. 시간으로는 1분에서 3분 내외가 좋을 듯하다. 아버지로서 하고 싶은 말이 많아 원고를 장황하게 썼다하더라도 결혼식 당일에서는 분위기를 보고 중복되거나 불필요한 내용들은 과감하게 생략하는 것이 좋다. 그렇다고 너무 짧으면 아주 성의 없고 사돈과 하객에 대한 결례로 비쳐질 수 있음에도 유의하자.

같은 단어와 문장 표현을 자주 반복하여 사용하지 말 것이며 자신의 성공과 실패 아내와의 연애 스토리 등은 가급적 생략하고 꼭 필요하다면 짧게 한 두 가지 정도만 소개하자.

딸을 시집보낸다는 입장에 사로잡혀 너무 요란하고 지나친 사돈 내외와 그 가족들에 대한 칭찬과 칭송은 오히려 실례와 불쾌감도 줄 수 있기에 유념할 필요가 있다. 그리고 내 자식들은 물론 사돈댁 자녀들에 대한 지나친 애정 표현과 자랑도 삼가자.

아울러 내가 아버지니까 나이가 많으니까 하는 마음에 반말이나 집에서 가족들끼리 사용하는 별명이나 비속어 등은 사용하지 말자. 다른 사람들은 제대로 이해하지 못하기 때문이다.

많은 사람들 앞에 서서 말을 한다는 것이 생각만큼 쉽지가 않다. 긴장되고 불안한 심리상태는 어쩌면 아주 당연한 현상이다. 지나친 부담감과 두려움에 두고두고 후회와 아쉬움이 남을 수 있으니 몇 번이고 거울 앞에서 반복 연습도 필요하다. 필요하다면 주변에서 글을 쓰는 친구나 지인들의 도움을 받는 것도 좋은 방법이 될 수 있다.

결혼식은 나와 내 가족 그리고 친구 이웃들과 함께하는 자리다. 마음의 부담을 가질 필요가 없다. 내 딸을 위한 아버지의 최고 선물이 축사다. 아버지는 자식을 위해서는 무엇이든 다 할 수 있는 존재가 아니던가.

결혼식은 양가 가족이 하나가 되는 첫 만남과 약속의 자리이기 때문에 양가 가족 분들과 친지는 물론 친구와 이웃들이 모두 참석한다는 것을 명심하자.

기억에 남는 축사는 내가 아닌 다른 사람들이 기억할 수 있어야 한다는 것을 명심하고 나만의 축사를 완성해보자.

나의 딸들에게

오는 사람은 없어도 가는 사람은 반드시 있다.
딸이 시집을 간다.

신부입장,
아버지들은 딸의 손을 놓아주었다.
그리고 한 발짝 앞으로 간 딸을 물끄러미 쳐다본다.
허전함만 남은 텅 빈 마음이건만
몸은 아쉬움과 공허함의 무게조차 감당할 수 없을 만큼 무겁다.

딸은 또다시 아버지들의 세월 위를 걸어간다.
아버지의 가슴은 또 한 움큼의 세월이 머리카락 빠져나간 듯 휑해진다.

누구에게나 오지 않는 그 날은 없다.
바람이 바람을 따라가고 세월은 세월을 따라간다.
나는 바람처럼 세월을 따라가고 있다.

신부입장,
딸은 또 다른 세상의 처음으로 향하고
아버지들은 남아있는 세월의 종점으로 한 발짝 더 다가간다.
아버지들은 딸에게 말한다
그래도 우리 딸은 그 누구보다 행복했으면 좋겠다.

도서출판 득수

딸아, 행복했으면 좋겠다

1판 1쇄 2023년 6월 30일

엮은이	**차성환**
펴낸이	**김 강**
편집 · 디자인	**제일커뮤니티** 054 • 282 • 6852
인쇄 · 제책	**천우원색인쇄사**
펴낸 곳	**도서출판 득수**
출판등록	2022년 4월 8일 제2022-000005호
주소	경북 포항시 북구 장량로 174번길 6-15 1층
전자우편	2022dsbook@naver.com
ISBN	979-11-979610-9-0

값 15,000원